DREAMBOOKS

의원강호

기공흑마 신무협 장편소설

ORIENTAL FANTASY STORY & ADVENTURE

dream
books
드림북스

의원강호 20

초판 1쇄 인쇄 / 2017년 9월 21일
초판 1쇄 발행 / 2017년 10월 10일

지은이 / 기공흑마

발행인 / 오영배
책임편집 / 편집부
펴낸 곳 / (주)삼양출판사 · 드림북스

주소 / 서울시 강북구 도봉로 173
대표 전화 / 02-980-2112 팩스 / 02-983-0660
편집부 전화 / 02-980-2116 팩스 / 02-983-8201
블로그 / blog.naver.com/dreambookss

등록번호 / 제9-00046호
등록일자 / 1999년 3월 11일

ⓒ 기공흑마, 2017

값 8,000원

ISBN 979-11-283-9123-1 (04810) / 979-11-313-0216-3 (세트)

* 지은이와 협의하에 인지는 생략합니다.
* 잘못된 책은 구입한 곳에서 바꾸어 드립니다.

이 도서의 국립중앙도서관 출판시도서목록(CIP)은 서지정보유통지원시스템홈페이지
(http://seoji.nl.go.kr)와 국가자료공동목록시스템(http://www.nl.go.kr/kolisnet)에서
이용하실 수 있습니다. (CIP제어번호: 2017024490)

의원강호

기공흑마 신무협 장편소설

20

ORIENTAL FANTASYSTORY & ADVENTURE

dream
books
드림북스

목차

第一章
분위기

　'여기는 영 분위기가 다르군.'

　당기재가 있는 곳은 텃새로 머리가 복잡한 상황이다. 굴러들어 온 돌인 당기재를 뽑아버리고자 나서는 자가 한둘이 아니었다.

　헌데 운현이 도착한 새로운 검대.

　임시 무적자가 청룡검대라고 이름을 붙인 곳이다.

　'……이름 짓는 감각이 영 그렇긴 하지만…….'

　검대에 운현이 도착해서 느낀 분위기는 조용하다였다.

　당기재를 공격한답시고 나서는 사람들처럼 적의감이 있지도, 그렇다고 운현을 보고 호승심을 키우는 자도 없었다.

"신의님도 고생 좀 해야 할 겁니다."

당기재가 염려를 하며 말했을 정도인데, 그 염려가 전혀 쓸데가 없을 정도였다.

"허 참…… 차라리 덤벼줬으면 좋겠는데."

눈앞에 자리한 자들은 그런 기색이 없다.

할 일이 주어지니 하기는 하지만, 딱 그 정도. 할 일, 그 이상의 것을 하려는 의욕 있는 자가 보이지 않는다.

'무공을 익히기는 하는데……'

연무장에서 익히는 무공 또한 의욕이 크게 느껴지지 않는다.

"하아앗!"

"하압!"

손짓도, 발짓도 분명 하기는 한다. 각이 잡혀 있고, 기합이 모자라지도 않다. 하지만.

'역시 느껴지지 않는단 말이지.'

저리하면 무력이 유지는 돼도 향상되기에는 한참 모자라다. 향상심이라고 하는 것 자체가 전해지지 않는다.

차라리 아버지가 운영하는 표국의 표사들이 저들보다는 의욕적이었던 느낌이다.

'가만 보자……'

전에 이런 분위기를 못 느껴본 건 아니었다. 아무런 의욕도 없는 자들.

'희망이 없거나.'

혹은 다른 이유가 있으면 사람은 저리 되곤 한다. 흔히 볼 수 있는 모습이다. 하지만.

'지금은 이러면 안 되지.'

당장이 급한 상황에 이러면 안 됐다. 대체 왜 이러는지를 알아야 했다.

그걸 알려 줄 만한 자가 있었다.

"오셨습니까!"

"오."

모두가 의욕 없이 시간만을 죽일 때도, 열심히 손을 놀리는 소수. 그 소수 안에 포함되어 있는 자이며, 운현을 은공으로 모신다고 했던 자.

창명이다.

그는 근래 들어 경지를 높인 것에 의욕을 얻은 건지 그 누구보다 열심이었다. 그가 한창 수련을 하다 말고 운현을 알아보고 다가왔다.

"오랜만에 오셨군요. 아니 검주가 되시고는 처음이시지 않습니까?"

"그렇게 됐습니다. 하하."

운현은 그를 맞았다.

오랜만에 조우했음에도 창명은 운현을 기껍게 맞이했다. 진심으로 반가워함이 보였다.

'표정을 숨길 수 없는 자야.'

순수한 자였다.

정의로우면서, 숨길 줄도 모르고. 자신의 뜻하는 바를 위해서 애를 쓰는 모습은 딱 정파인다운 모습이었다.

"이제는 선의각보다는 검대에 자주 오시는 겁니까?"

"별일이 없다면 그렇게 되겠습니다만은……."

운현이 슬쩍 주변을 바라본다. 신호였다.

눈치가 없지는 않았나. 창명이 그런 운현의 눈짓을 보고 용케도 뜻하는 바를 눈치챘다.

"……분위기가 조금 어둡기는 하지요?"

"생각 이상이군요."

"그렇지요. 하핫."

눈치가 있는 만큼 창명도 이 주변이 돌아가는 상황을 알고 있는 듯했다.

'잘됐군.'

다행히 멀리 돌아갈 필요가 없게 됐다. 그로부터 정보를 얻으면 되었으니까.

"이야기 좀 나눌 수 있겠습니까?"

"물론입니다."

운현의 진지한 표정에 창명도 덩달아 표정이 진지해진다.

'눈치가 좋아. 좋군.'

듣기로 그도 경지의 상승으로 말미암아 조장급의 인사가 됐던 걸로 안다. 그런 자가 눈치가 좋다면 환영이었다.

아래 있는 자가 수족처럼 움직여줘야만 일도 쉬워지는 법이다.

이런 자가 여럿이 있다면 희망이 없는 것도 아니다.

"가죠."

애써 희망을 가지며 창명을 데리고 들어가는 운현이었다.

그런 운현을 남은 자들이 가만 바라본다.

건성건성 수련을 하거나, 시간을 죽이며 소일거리나 하는 자들이었다. 모두 운현이 검주로 있는 검대에 소속된 자들이었다.

"흐음…… 검주도 왔으니 뭔가 달라지려나?"

"……와 봤자 별거 있겠는가. 어차피 여기는……."

"허허."

모두 지나간 운현을 두고 쑥덕대고 있었다.

겉으로는 운현에게 별달리 신경을 안 쓰는 듯했으나, 속으로는 그 어느 때보다 촉각을 곤두세우고 있던 그들이었다.

검주.

그것도 근래 이름이 드높은 운현이 아니었던가. 그런 그
가 왔는데 촉각이 곤두서지 않으면 그것도 이상했다.

겉으로야 인사만 올리고 모른 척했으나, 속으론 열심히
살피고 있었다 이 말이다.

"그래도 뭔가 다르지 않겠는가."

"자리 하나 마련하는 거겠지. 이런 상황에……."

보아하니 하는 이야기가 희망적이지는 않았다. 운현이 분
위기를 읽은 대로였다.

＊　　　＊　　　＊

그 이유를 알기 위해서 대주실에 들어간 운현. 그는 들어
서자마자 창명에게 물었다.

"대체 왜 이런 분위기인 건가?"

"그것이……."

"편히 말을 해도 되네."

"다들……. 한 생각밖에는 없습니다."

"뭔가?"

"휴우……."

창명은 처음 뜸을 들였다. 진심으로 말하기 어려운 듯하

다. 잠깐이지만 운현에 대한 원망인지 모를 눈빛이 스쳐 지나갔다.

"……대주님이라면야 아시는 게 맞겠지요."

"어서 말을 해보게나."

"생각이라고는 하나뿐입니다. 바로 죽을 생각입니다. 아니 죽을 수밖에 없다는 생각이지요."

"죽을 생각?"

이게 무슨 소리란 말인가?

'무슨 말도 안 되는?'

생즉사 사즉생(生卽死 死卽生).

살고자 하면 죽고 죽고자 하면 산다는 유명한 말이 있긴 하다.

때로 앞도 뒤도 막힌 배수진을 치고서, 죽을 전투를 승리로 이끄는 자들도 있다.

하지만.

'지금 경우는 아니지.'

대다수의 전투는 죽으러 들어간다고 해서 살아 나오지는 못한다. 그건 특수한 경우였다.

보통은 죽으러 들어가면 죽는다. 신묘한 수, 대단한 운이 따라주지 못하고서는 죽는 게 당연하다. 사기가 꺾였는데 살아서 돌아오면 그게 더 이상했다.

천지인(天地人). 흔히 말하는 전장의 삼 요소 중 하나를 차지하는 인(人)의 사기가 죽어서야.

'이미 사자(死者)나 다름없지.'

지고 들어가는 거다. 하기도 전에 지는 거다. 지고 싶진 않았다. 목숨이 걸렸는데 지고 들어가는 승부를 할 생각은 없었다.

'제길. 할 게 많아진 느낌인데.'

계획에서 약간은 어그러진 느낌.

하지만 이런 때가 어디 한두 번이었나. 이제는 계획이 어그러지면 그걸 수습하는 데 능통해졌다 할 정도다.

원인부터 파악해야 했다.

"말해 보게. 대체 무슨 생각으로 그러는지."

"……버림받았다 여기는 거지요. 이야기가 조금 길기는 합니다."

"얼마든 말하게나."

"예…… 그렇다면야."

*   *   *

"그럼 이만……."

운현은 취조를 하듯 캐물었다. 여기서 오해가 생겨서는 안 됐다.

오해로 인해서 해결할 일도 해결치 못하게 둘 수는 없으니 그럴 수밖에.

그렇기에 끊임없이 물었다. 눈빛이 빛나던 창명이 피로에 젖어서 물러났을 정도다.

그렇게 해서 얻은 결과는.

"장난질인가……."

이번에 소림에게 한 방 먹은 자들이 장난을 쳤다는 거다.

화산파의 우화 진인. 형산의 왕주선. 그들이 맹주대리 자리를 차지하지 않았는가. 정확히는 우화 진인이 차지했다.

그자들이 장난을 제대로 쳤다.

'썩어도 준치라 이건가. 아니면 패악질이라 해야 하나.'

작전권은 새로이 재편된 무력대와 운현이 이끄는 검대가 가져갔다. 그게 회의의 결과였다.

그렇다 해도 아직 사파와 대전이 일어나지는 않은 터.

아직까지는 작전이 진행된 것도 없으며, 당장은 무림맹에 모든 무사가 있는 상태다. 그런 상태에서 장난질을 쳤다.

'……인사. 허 참. 이걸 전생이 아니라 여기서도 보나.'

인사(人事). 맹주 대리 정도 되는 자가 아래 직위를 내리는 것 정도는 충분히 할 수 있는 일이다.

검주는 회의로 지정을 해야 하겠지만, 되레 무사 같은 자들은 맹주 대리 정도면 쉬이 건드릴 수 있다.

'전부를 건드릴 필요도 없지.'

일부만 심어 놔도 된다. 명백한 적보다, 멍청한 아군이 더 위험하듯 몇몇만 섞어도 충분하다.

능력이 부족한 자. 주변을 방해하는 자. 있으나 마나인 자. 유형은 많다.

그런 자들을 몇 적당히 섞고, 그 분위기를 휘저어주기만 하면?

'지금처럼 되지.'

창명같이 능력 있는 자도 빛이 흐리게 되어 버린다.

전에 없던 걱정이 생기고 불안이 생긴다. 그 불안은 증폭된다. 제대로 돌아갈 만한 조직이 돌아가지 못하게 된다.

'잘도 했군.'

당하기만 하던 우화 진인이 잘도 그런 짓을 해냈다. 모르긴 몰라도 형산의 왕주선도 한몫했을 거다.

'본래부터 이런 짓은 우화 진인보다는 왕주선의 특기지.'

명분을 만들고, 그 명분을 이용해서 자신들의 이득을 얻어 온 게 작금의 형산파 아니던가. 그들이라면 충분히 해낼 수 있다. 쉽게 했을 거다.

마치 습관처럼, 쉽게 장난질을 하고 이렇게 분위기를 흐려 놓았겠지.

'안일했나. 흠. 그건 아니긴 한데.'

그로서는 선의각을 신경 쓰느라 어쩔 수 없던 일이다.

그 사이 이런 일을 벌여 놨으니, 되레 그들이 생각지도 못한 곳에서 뒤를 친 셈이었다.

'똥을 아주 제대로 뿌려놨어.'

그것도 처음 만들어지는 검대에 아주 잘도 뿌려 놨다. 하지만 던져진 그 똥을 용납할 생각은 없었다.

흩뿌려진 똥을 치우겠답시고 시간을 흘릴 생각도 없었다.

"제대로 고쳐주지."

똥이 된 자들을 쓸 만한 자들로 만들면 될 뿐이었다.

*　　　*　　　*

그리고 그런 자들을 고치는 방식은 운현은 잘 알았다.

'당근과 채찍. 간단하지.'

이제는 특기라고 할 만큼 잘해 낼 자신이 있었다.

"다 온 건가."

"늦을 리가 있겠습니까."

바로 사람들을 소집했다. 여기서 운현이 부른다고 오지 않는 자는 없었다.

맹주대리가 장난질을 쳤을지언정, 검대 안에 있는 자들 중에서 감히 운현에게 대들 자는 없었다.

모든 이를 장난질 칠 수 있는 것도 아닌지라, 조장급의 인물들은 그 경지가 그리 낮지만도 않았다.

새로이 재편될 무력대들에 비해서는 모자랄지 몰라도, 빠르게 모은 이들치고는 충분히 강하다고 할 수 있었다.

당장 영약을 미친 듯이 지원하고, 무공도 봐줘가며 키워온 의명 의방의 무인들 못지않은 자들도 꽤 될 정도였다.

그런 자들 전부가 모였다. 그 수가 무려 300명. 예비대로 쓰일 인물들이 200명은 더 있는 것을 생각하면.

'다소 수준이 부족해도 숫자는 확실하단 말이지. 이 부분은 무적자 어르신이 잘 해줬어.'

어지간한 중소문파는 쉽게 찜 쪄먹을 수준이다.

없던 수준도 숫자로 밀어붙일 수 있는 숫자였다. 그리고 모자란 수준은.

'끌어 올렸던 게 어디 하루 이틀인가.'

부족한 대로 끌어 올릴 방안이 있는 운현이었다.

"모두 잘 왔습니다. 결원 있습니까?"

"없습니다!"

"그럼 시작해도 좋겠군요."

"……무엇을 시작하시는지는 아직 듣지 못한지라."

"아아. 그렇군요."

일부러 가르쳐 주지 않았다. 약간의 장난기가 돌아서 그럴지도 모르겠다.

'예전엔 내가 당했지.'

고 표두. 그에게 당했던 걸(?) 이제는 자신이 펼칠 때가 왔다.

그때는 참 그게 미칠 듯한 고난이며 힘듦이었다. 애써서 따라잡을 때가 있었다.

'지금이야 미화가 좀 됐지만……'

외공도 익혀가면서 애를 쓰고, 잡기들도 익혀가면서까지 여기까지 왔다. 그것만으로도 죽을 둥 살 둥 했다.

그걸 이번엔 지난번보다 몇 배는 빠르게 끌어 올려야 했다. 시간이 부족했으니까.

해서 바로 선언하듯 말했다.

"무얼 하면 되는 겁니까?"

"굴러야죠."

"예?"

"구르면 됩니다. 자아, 시작하죠."

운현에게 있어서는 상큼한 미소로, 다른 이들에게 있어서는 악귀의 미소로 기억될 표정과 함께 모든 게 시작됐다.

"끄아아아악!"

이게 무슨 꼴이란 말인가! 중급이라고 해도 무림맹의 무사다! 이곳 성에서 무림맹의 무사라고 하면 고개 좀 슬쩍 위로 들고 다녀도 누가 뭐라 하지 않는다.

자신보다 상급의 무사들에게는 끗발이 떨어지더라도, 무림맹의 무사는 무사라 이 말이다.

당장 이 무림맹 무사 짓도 때려치우고, 시골 고향에 내려가 사범 노릇만 하더라도 적당히 벌어먹고 살 수는 있을 거다.

무공을 배우고자 하는 아이들은 꽤 많으니까.

특히 요즘 상인의 자식들이 호신이니 뭐니, 무공을 배운다고 나서고 있으니 그들을 일대일로 가르치면 그 수입이 생각 이상으로 짭짤할지도 몰랐다.

꿀 빨 수 있다 이것이다! 그런데!

"느립니다."

"크읏……."

퍼어어억.

이 제대로 치고 들어오는 정권은 뭐란 말인가?

'검을 쓴다고 들었는데……'

상대는 검을 뽑지도 않았는데, 감히 닿을 수가 없었다. 게다가 가차도 없었다.

툭 치고 들어 올 줄 알았는데 퍽 하고 들어온다.

"그 상태 그대로 있으면, 죽습니다. 상대는 기다려 주지를 않습니다."

"알고 있…… 크악."

퍼어어억.

말하고 있는데 또 손이 들어온다. 때린 데를 또 때리고 들어온다. 이미 예고한 바다.

문제는 어디를 때릴지를 미리 알고 있는데도 막을 수가 없다. 예고한 데로 들어오는데도! 반응을 하기가 힘들다!

'너무 빨라.'

자신이 반응하기 힘든 속도에서 딱 반수 정도 더 빠르다. 조절하는 게 분명하다. 문제는 그 반수의 차이를 당장 좁힐 수가 없다.

게다가 연타다.

"실전으로 생각하라고 하지 않았습니까?"

"그, 그렇습…… 큿. 마, 막았!"

타악. 퍼억.

운이 좋았는지, 한 타를 막아내는 데는 성공했지만!

'바, 반칙이다!'

한 번만 막으면 될 줄 알았는데 어찌 연타가 들어온단 말
인가! 거기다 어째서.

"다, 다른 자들보다 왜 저는 긴……."

"시끄럽습니다!"

퍼어어억.

다른 이들은 한 방에 깔끔하게 보내는데 왜 자신은 몇 대
는 더치고 들어온단 말인가.

차라리 깔끔하게 쓰러트려 주면 좋겠건만! 그의 능력이라
면 충분히 단 한 수에 자신을 기절시킬 수 있을 게 분명하건
만!

"크아아아악!"

퍼억. 퍼억. 퍽.

끊임없이 연타가 들어온다. 처음에는 반 끗 차로 반응이
라도 할 수 있을까 했는데.

'더 빨라지고 있어?'

이제는 주먹이 제대로 보이지 않기까지 한다.

상상도 못 할 속도다. 검의 고수라는 사실이 소문이 나지
않았더라면, 권법의 고수가 아닐까 생각을 했을 정도다.

수준이 높았고, 격이 있었으며, 감히 반응하기가 힘들었
다.

"마지막!"

"크아아아아악!"

퍼어어어억!

마지막이라는 그의 말이 상쾌하게 느껴지는 건 착각이었을까?

명치에 퍽 하고 들어온 권 한 방에 숨이 턱 하고 차오른다.

'누, 누가……'

대체 누가 이런 자를 신의라고 했단 말인가! 신의가 아니라 악의(惡意)가 차고 넘치는 자였지 않은가!

'……누가 소문을 낸 건지. 크…….'

처음 신의라고 부른 자를 찾는다면 내 원수로 삼으리라. 라고 생각하며 마지막 숨(?)을 내뱉는 철산이었다.

*　　　*　　　*

"휴…… 절반 남았나."

타악. 탁.

덤벼들었던 서른의 인원. 그중 마지막이었던 철산을 쓰러트리고서도 운현은 처음의 상쾌한 표정을 유지하고 있었다.

그동안 쌓인 체증을 이참에 푼 듯한 느낌이 드는 건 그를 보는 자들의 착각이었을까?

"다음 오시죠."

"다, 다음 준비하시오."

다음이란 말을 저승사자의 명부를 받듯이 두려워한다.

네 개 조. 총 구십 명의 인원들이 이미 쓰러진 지 오래다. 다음이라고 하면 사조다.

사조의 조장은 이조의 조장이었던 철산과 동문인 자다.

이름은 장조. 별호는 운자검이었다. 풍류를 알아 구름처럼 노닐 줄 안다고 해서 지어진 별호였다.

"허…… 아, 아……."

어지간한 일에도 풍류를 즐기는 여유를 갖던 장조의 표정이 도무지 펴질 줄을 몰랐다.

"철산! 우리 잘해 보세! 혹시 아는가? 검대에서 공을 세울 수도 있을지?"

처음 사조의 조장이 되어 이제는 자신의 무력을 이제서라도 무림맹이 알아주는구나 했던 게 엊그제의 일이었다.

다른 이들이 죽으러 들어 왔다는 검대에서 공을 세워 멋지게 무림맹의 요직을 차지하는 풍운의 꿈을 품고 있었다.

그런데 이게 뭔가?

'……상상도 못 했는데!'

그가 품은 상상에서 이렇게 당하는 건 없었다. 생각도 못 했다. 특히 자신들을 이끌 대주가 이런 식으로 나올 줄은!

겉으로 봐선 골병이 들 만큼 아주 잔혹하게 치고 들어오지 않는가!

앞서 쓰러졌던 삼조 모두 쓰러지는 그 순간까지 정상으로 보이는 자는 없었다!

"크으······."

겁을 먹고 있으려는데,

"어서 준비하게나! 뒷사람들도 준비를 하고 있으니!"

운현을 은공으로 모시겠다고 말하고 다니는 창명은 자신을 재촉한다.

'준비는 무슨······.'

뒷사람들도 준비를 하기는커녕, 자신처럼 떨고 있는데도 그의 눈에는 그게 보이지 않는 듯했다.

'광신도인가!'

은공으로 모신다고 하더니, 운현이 뭘 하든 떠받들 기세다.

처음에는 당황을 하더니 이제는 그 누구보다 열심히다.

'설마······ 영약에······.'

가장 처음 영약을 먹었던 창명이지 않은가. 그 영약에 운현이 무슨 짓을 했을까? 이를테면 충성을 바치게 하는 약이라든가? 강제로라도 명을 따를 수밖에 없게 하는 것들 말이다.

그렇지 않고서야 같이하던 자들이 이리 쥐어 터지는데 어찌 저자는 평온을 유지하고 있을까. 아니, 평온을 유지하다 못해 운현을 멋지다는 듯 숭배하듯 바라보고 있는 걸까.

'이해가 안 돼.'

그가 이해를 하든 못하든 간에.

"어서 오시지요."

대주가 부른다. 신의 아니 악의의 부름이다.

고개가 추욱 처진다.

'빠져나갈 구석은…….'

없다.

의원 앞에서 몸이 안 좋다고 내뺄 수도 없었다. 당장 무림맹 무사 짓을 그만두지 않는 한은 수도 없었다.

아니다. 여기까지 와서 그만둘 수도 없었다. 여기서 그만둬 봐야 무림에서 우스꽝스러운 소문만 돌 게다.

본래부터 명성은 끌어올리기 힘들더라도 악명은 쉽게 퍼지는 법이다.

분명히 우스꽝스러운 소문에 지금껏 쌓은 쥐뿔 같은 명성도 사그라들 거다.

'그건 안 돼!'

결국 다른 수는 없다. 이미 도살장 위에 올려진 개다.

"가, 갑니다."

"어서 오는 게 좋을 겁니다."

"옙!"

잘 길들여진 개, 아니 충신처럼 재빠르게 나가기 시작하는 청룡검대 사조였다.

第二章
이제 기본

'감은 잡았다.'

운현은 지독하니 실전을 겪었다.

강시, 사파, 암화까지. 종류도 많았고 그들과 사투를 벌인 것도 여러 번이다. 오죽하면 동창 출신의 무사들과도 겨루지 않았는가.

다수의 여러 무공을 겨룬 운현의 경험만큼은 어디 가서 지지 않았다.

게다가 그가 연구한 무공도 다수. 익힌 무공은 토행공이라는 잡공에서부터 시작을 할 정도다.

그렇기에 판단을 할 수 있었다.

"기본은 된 거 같군요."

"기본인 겁니까?"

이제 막 기본은 되었다고.

운현의 말에 창명이 시무룩해한다. 아무리 운현의 말이라지만 이제 막 기본이 잡혔다는 말은 짐짓 서운할 수도 있는 말이다.

하지만 판단하는 운현의 말은 도살장의 소를 품평하는 것만큼이나 냉막하기 그지없었다. 또한 객관적이었다.

'잘못 판단해야 죽음으로밖에 안 이어져.'

곧 있으면 실전이다. 곧 실전에 나갈 자들이 이제 기본인 상황이다. 아니 잘 봐줘서 기본이지, 아직 기본이라고도 못할 자도 많았다.

"예. 이제 기본이지요. 사실 실전에 가서는 이렇게 해도 먹힐지 안 먹힐지도 모르는 판국 아닙니까."

"……그거야 실전은 다르기 때문이겠지요."

"그런 겁니다."

실전을 못 겪어본 자들도 다수 있기 때문.

섞여 있는 200명의 예비대는 말할 것도 없었다. 300명의 검대 인원 중에서 실전을 겪지 못한 자들도 꽤 됐다.

'반쯤 아니 그 이상이 엉망이었어.'

아무리 이제 막 만들어졌다지만, 무력대 중에 하나다.

검을 대표로 사용하지만, 꼭 검만이 아니라 도나 봉을 사용하는 자들도 소수 있다. 검이 주일 뿐, 다른 무기를 사용하는 자들도 여럿을 섞어놓은 상태다.

금방 만들어 낸 검대다 보니 사람을 모두 검수로만 구하기는 지난한 일이었을 거다.

'무공이 섞이는 거야 상관은 없는데…….'

그렇다 해도 다양한 것은 넘어갈 수 있다. 문제는 다른 것.

'실전을 못 겪은 자도 있을 줄은 정말 상상도 못 했다.'

무림맹의 무사로 있으면서 실전도 못 겪은 자들도 있을 줄이야.

지역에서 이름난 문파. 무당파와 같은 구파일방의 속가제자가 만든 그럭저럭하는 문파. 그런 곳에서 온 자들 중에서는 실전을 못 겪은 자들도 있었다.

구파일방이나 오대세가의 무인들보다는 아니라지만, 온실 속 화초처럼 자라다가 무림맹에 적을 둔 자들도 꽤 있었던 것이다.

그런 자들은.

'이대로 실전에 갔었더라면…… 하.'

사파와의 실전에 들어가면 곧 죽을 자들이었다.

자신들만 죽으면 차라리 나았다. 문제는 이런 자들이 실전에 들어가서는 아군도 같이 죽게 한다는 게 문제다.

아군이 짐이 되면 곧 큰 피해로 돌아올 것은 명백한 일이었다.

처음 대련을 하면서 실전을 겪지 못한 품새를 보이는 인원들을 봤을 때의 그 암울함이란!

'미칠 노릇이지.'

실전을 겪지 못한 자는 지독하다시피 실전답게 무공을 익히는, 아니 실전만으로 무공의 격을 올려온 사파의 무사들에게 제물밖에 되지 못한다.

화살받이도 못 된다. 그저 칼질 한 방에 쓰러질 멍청이 말고는 그 이상의 쓸모가 없다 할 수 있을 정도다.

그렇다고 버릴 수도 없었다.

검대. 그것도 운현에게 대주 자리를 넘겨준 청룡검대는 무적자가 손수 나서서 꾸려준 검대다.

아군이자 최고의 동맹이랄 수 있는 소림사에서 만들어 준 검대라 이 말이다.

우화 진인의 장난질이 다소 섞여 있기는 하지만, 이만한 자들을 어디서 또 구하지는 못할 거다.

그러니 이 이상의 무력대를 다시 꾸리는 건 현실적으로 불가능한 상황.

이미 꾸려진 이들을 데리고 앞으로를 살아남아야 했다.

그렇기에 하나의 결론을 내릴 수밖에 없었다.

'더 굴린다.'

굴리고 또 굴린다는 것.

"크흠……."

"어쩐지 으슬으슬한데……."

운현에게서 한기를 느낄 만큼, 검대의 인원들이 떨든 말든 간에 실전을 방불케 하는 정도로 굴릴 수밖에 없었다.

"크아아아악!"

그렇게 매일 쓰러져 갔고.

"이 정도면 움직일 수 있습니다. 일어납니다. 엄살은 가중 처벌인 거 아실 텐데요?"

"……네, 넵!"

쓰러진 자를 다시 일으켜 세웠다.

스으으으으—

그 귀한 선천진기를 아낌없이 다뤄가면서까지 상처를 치유하고 일으켰다.

죽지만 않으면, 심한 외상만 아니라면 바로 회복시킬 수 있는 자신이 있는 운현이기에 할 수 있는 기행!

'지옥이다!'

'아귀 밭이야. 아니 수라 밭이다. 아수라장이야.'

아무리 운현이 조절을 한다고 하더라도, 당하는 검대 사람들로서는 반 실전처럼 느껴질 수밖에 없었다.

'이것으로도 모자라.'

운현으로선 그것으로도 한참 모자라다고 생각하지만, 당하는 이들로서는 이미 죽을 맛인 상황!

하지만 피할 수도 없다.

다시 말하지만 운현은 의원이니까! 그것도 이름도 드높은 신의! 운현이 움직일 수 있다고 판단하는데 누가 반박을 하랴?

구르라면 굴러야 했다! 엄살도! 거짓부렁도 먹히지 않는다!

"바로 다음 단계로 가도 되겠군요."

판단한 운현은 바로 다음을 갔다.

"다음 단계라 하심은……."

"당연히 더 구르는 거지요. 후후."

"……아아."

오랜 시간이 지난 후. 정사 대전과 여러 대전을 거치고 살아남은 창명. 후에 추하검수(錐下劍手)라고 불릴 창명은 그날을 회상하면서.

'……악귀를 보았다.'

라고 했다는 건 후에나 알려질 사실이었다.

지금은 그저.

"뭐하십니까?"

"예?"

"준비하셔야죠. 창명의 조도 예외는 아닙니다."

"……예에. 해야 합지요."

굴러야 할 때였다.

*　　　*　　　*

'뭐 이 단계라 했지만…….'

달리 더 심하게 굴릴 것도 아니었다. 실전보다는 못하지만 어차피 최대한 실전에 가깝게 굴리고 있는 형편이다.

지금 하고자 하는 건.

'잘못된 걸 바로잡는 것.'

운현의 눈에만 보이는 그들의 잘못된 점을 바로 잡는 거였다.

'흠…… 여기군!'

바로 운현 특유의 기감! 그걸 이용해 운현은 다른 자들이 보지 못하는 곳을 봤다.

"으으……."

운현의 손에 손수(?) 당하여 앓아누운 무사의 기혈을 봤다. 그 기혈 중 잘못된 것들을 제대로 꼬집었다.

잘못된 무공 수련. 대련 중 당한 상처. 잘못된 습관 등등.

'기혈이 상할 만한 일은 생각보다 쉽게 발생하지.'

그런 것들을 꿰뚫어 본 거다.

명문 대파. 흔히 말하는 구파일방의 무인들은 기혈이 상할 일을 알아서 조심한다.

스스로 조심치 않더라도, 그들이 가진 세세하다 못해 지겹다고 할 만한 규율들이 그들이 상하는 걸 조심케 만들어 준다.

하지만 이들은 아니었다.

무림맹의 무사 자리까지는 어찌 들어왔다고 하더라도, 구파일방에 속하지 못한 자들도 다수 있었다.

아니 구파일방에 있는 자들은 본디 있던 사대 무력대에 속해 있었으니, 이들은 거의 다수가 중소문파에서 특출난 자들이다.

이런 자들이 무림맹에까지 들어오려면 어찌해야 했을까?

'미친 수련이지.'

구파일방에 비해서는 떨어질 수밖에 없는 무공을 익혀서 여기까지 오기 위해 그들이 했을 노력은?

'노오오오오력이라고 할 정도겠지. 미친 듯이 움직였을 거야.'

이통표국의 표사나 표두가 그러했듯이, 미친 듯 움직이고 또 움직여야 했을 게다.

그렇기에 그나마 급조된 무력대라고 하더라도 들어올 수 있었을 게다. 어디 가서 꿀리지 않는 실력을 가졌다 할 수 있을 때까지 피와 땀을 쏟는 수련을 했을 거다 이 말이다.

그럼 자연스럽게.

'상한다. 그것도 꽤 많이.'

기혈이 상할 수밖에 없다.

상한 기혈을 바로바로 치료를 해 줘야 하는데 그걸 방치하는 자들도 다수다.

'돈이 없어서…… 아니 지원이 없어서라 해야 하나.'

제대로 된 의원을 보기도 어렵고, 설사 의원을 본다고 하더라도 그걸 치료키 위해서는 어마어마한 자금이 드니까 어쩔 수 없는 일이다.

그러니 그대로 두는 거다. 그대로 두게 되면 상한 기혈이 그들의 발전을 계속해서 방해하는데도 어쩔 수 없이 두는 거다!

수련에 수련을 해서 더 높은 경지로 올라가기야 하지만, 이 상한 기혈들은 두고두고 이들의 발목을 잡게 된다.

분명히!

구파일방의 무인들은 조금만 노력하면 쉬이 올라갈 것도,

이들은 이 상한 몸으로 어렵게 올라가야 한다.

어렵게 올라가다 보면 또 몸이 상하고, 기혈이 악화되는 악순환이 계속될 수밖에 없다.

'……말이 쉬워 개천에서 용 나는 거지. 쯧.'

금수저니 은수저니 하지만, 무인이야말로 지독하게 타고난 수저에 따라 경지가 결정되는 경우가 다수다!

재수 좋게 영약을 먹고, 일가를 이룬 자의 무공을 운 좋게 얻어서 기연을 얻고 하는 건 이야기 속에서나 등장하는 거라 이 말이다!

그게 현실이다!

그래서 어려서부터 스승빨에 영약빨로 무공을 배워서 구파일방이 강한 거라고 우기고 다니던 운현이지 않던가.

자신도 전생의 기억들이 없었더라면 여기까지 오지도 못했을 거다. 거기다 약간의 행운과 인연들도 더해진 건 사실이다.

어렵사리 여기까지 왔다. 그렇기에 그 특유의 기감으로 확실하게 보였고.

'할 수 있다.'

어떻게 하면 고칠 수 있을지를 확실히 파악할 수 있었다.

꼰대라면 자신이 어렵사리 올라왔으니, 베푸는 것에 인색할지 모르겠지만 운현은 아니었다.

'살리려면 할 때 해야지.'

청룡검대. 이곳에 있는 무인들 모두 운현에게 있어 좋은 수하(?)들이지 않은가!

운현은 이들에게 선의를 베풀 준비가 이미 되어 있었다.

스으으으—

다만 그 선의라고 하는 것이.

"좀 아플 겁니다."

"끄아아아아악!"

어마어마한 고통을 준다는 게 흠이라면 흠이랄까?

"참으십시오. 여기서부터는 비명도 참아야 합니다. 기혈 터집니다."

"그가가가가각! 그게 무, 무슨!"

"쉬이이잇!"

"……읍…… 으으읍."

잘도 무서운 말을 내뱉으면서 은혜를 베풀고 있는 운현!

'그아아아아악. 고통……이다.'

하지만 안 할 수도 없었다.

"자, 다음."

"크흐."

어차피 말이 비무고 수련이지, 사실상 일방적으로 구타를 당한 대원들이다.

그런 그들이 치료를 거부나 할 수 있겠는가.

한 번에 고통스럽고 말지, 부상을 달고 있을 수도 없는 일이었다.

"후후……."

사신의 미소와도 같지만 운현에게 몸을 맡길 수밖에(?) 없다 이 말이다!

그렇게 이 단계를 거쳐 간 운현은.

'이제 채찍은 휘두를 만큼 휘둘렀으니 당근인가.'

그 다음을 바라보고 있었다.

         *   *   *

"크아아아악!"

"그억."

이미 일 단계와 이 단계는 착실하게 실행되고 있다고 하지만, 그 다음을 실행하는 건 무리랄 게 없었다.

'어떻게 보면 제일 쉽지.'

선의각을 제대로 뒤집어버린 운현이지 않은가.

밤에는 하오문의 정보를, 낮에는 개방의 정보를 이용하여 선의각에 있는 의원들을 이래저래 묶어 놓은 운현이다.

당장 선의각에 있는 자들 중에서 운현의 말에 반기를 들

자는 없다고 할 수 있을 정도로 제대로 지배를 해 뒀다.

오죽하면.

"아니! 대체 선의각이 왜 요즘 그런단 말이오! 가서 말은 해 보았소?"

"해 봤습니다…… 하지만 소용이 없답니다. 허허."

"어떻게든 수를 내 보시오!"

"……생각은 해 보겠습니다."

화산파의 우화 진인이 행차를 했는데도, 다들 운현이 시킨 일을 하느라 우화 진인을 챙길 겨를도 없었단다.

무려 무림맹 맹주 대리 직함을 달고 있는 그를 두고 자기 할 일을 하느라 바빴다 이 말이다.

그에 우화 진인이 잔뜩 열이 뻗쳐서는.

"허어…… 내 이 말도 안 되는! 각주! 각주! 이게 대체 무슨 일이오."

자신에게 잘 보이고자 이래저래 영약을 바치던 선의각 각주를 찾았으나.

"……할 일을 할 뿐이지요."

"아니, 할 일을 하는 걸 내가 뭐라고 하겠소. 그런데 요즘은 영……."

"보기에 괜찮아 보이십니다만은?"

"삭신이 쑤시는 것이."

"허허. 맹주 대리님 같은 분이 어찌 삭신이 쑤시겠습니까. 척 봐도 그런 문제는 없어 보입니다만……."

"……허."

각주에게서 냉대 아닌 냉대만 받았다는 소문은 이미 무림 맹 내에 쫙 퍼진 지 오래였다.

전이라면 없는 영약이라도 만들어서 바치겠지만,. 이미 운현에게 손발이 다 묶였으니 그도 무리였다.

되레 우화 진인이나 다른 여러 무림맹 간부들에게 가야 할 영약 재료들은 운현의 명령에 의해서 무림맹 무사들을 위한 영약으로 만들어지고 있지 않은가.

'재료가 이리 많았나…….'

'허 참. 많이도 해 먹었군.'

선의각의 의원들이 이리저리 빼먹던 재료들로 영약을 만들어대니, 생각보다 많은 양이 나왔다는 후문도 돌 정도였다.

본디 선의각의 영약은 무림맹의 무사들을 위한 것인 터.

제대로 가야 할 영약 재료들이 관례라는 명목으로 이곳저곳 빠져나가던 게 없어지니 상상 이상으로 많은 재료가 들어왔다.

'대체 얼마나…… 해먹은 건가.'

자신들 딴에는 조금씩 해먹는다고 하던 것이 모아 놓고

보니 어마어마하게 많은 양이 된 셈.

그걸 체감하게 된 의원들. 정확히 운현에게 약점이 잡힌 의원들은.

"……냉큼 만듭시다."

"크흠. 그러게 내 조금만 해먹자 하지 않았소?"

"같이 해먹고서는 무슨! 어서 움직이기나 합시다!"

내심 움찔하며, 운현이 없음에도 더 열심히 움직였을 정도였다.

덕분에 맹주 대리로 들어온 우화 진인이 냉대를 받고 쫓겨 난 거고!

'아주 좋아. 아주.'

거기서부터 얻은 영약들. 그걸 운현은 당근으로 사용했다.

"이걸 전부 나누도록 하세요."

"이, 이걸 전부 말입니까?"

"예. 하나도 빠짐없이. 모두에게 딱 돌 만큼 챙겨왔으니 모자람은 없을 겁니다."

"크흠…… 이 귀한 걸."

당장 고생을 하고 있던 검대의 무인들에게 전부를 나눠줬다.

"오오."

무인들로서는 생각지도 못한 영약을 받은 셈! 전에 없이 감동을 할 수밖에 없었다. 하지만 실상은.

'이곳 검대가 제일 빠르기야 하겠지만······.'

선의각의 의원들이 괜히 찔려 만들어진 영약을 가장 먼저 운현에게 바쳤지만, 결국 나머지 무력대에도 영약이 돌게 될 거다.

순서상 가장 먼저일 뿐이지, 이곳만 특혜를 받는 건 아니라 이 말이다.

본래부터 이들에게 가야 할 영약들이 그동안 이래저래 빼돌려졌을 따름이었다. 받을 걸 받을 뿐인데.

"당장 시행하세요."

"예!"

다들 영약을 받음에 신나 하는 상황.

방금 전까지만 하더라도, 오늘은 운현에게 얼마나 시달림(?)을 당할지를 생각하며 잔뜩 긴장하고 왔던 무인들이 맞나 싶을 정도다.

다들 희희낙락하는 것이.

'아이 같군.'

누가 당과라도 쥐어준 듯한 표정이었다.

하지만 이들은 알까? 운현이 준비해 준 것은 여기까지가 아니라는 것. 또한.

"흠흠…… 좋군."

이들이 내력이 올라가 버틸 수 있게 되면 그만큼 운현과의
대련 시간도 길어질 거라는 걸 말이다!

第三章
바로 다음

"좋아."

운현은 과연 거기서 끝을 내지 않았다. 선의각 의원들이 가져다 준 영약도 있지만 운현이 준비한 영약도 또 따로 있었다.

바로 선천진기를 이용해서 만든 영약들이었다!

그것을 운현은 또 다른 보상으로 사용했다.

'선의각 영약만으로는 약하지.'

사람을 이미 여러 번 굴려 본, 특히나 당기재를 통해서 아주 골수까지 뽑아 먹을 줄 알게 된 운현이지 않은가!

그는 다음을 착실히 준비해 써먹을 줄을 알았다!

"이기는 쪽이 먹는 겁니다. 아주 간단하지 않습니까?"

"……뭘 말입니까?"

"대련이지요. 잊었습니까. 이건 일대일 대련이 아닙니다. 사파인들은 그렇게 나오지도 않지요."

"그렇단 말은……."

"일조에서 오조, 육조에서 십조. 각기 이조가 되어 붙습니다."

"아아……."

"그럼 시작합니다!"

가차 없이 대련을 하도록 시켰고.

"가자!"

"차, 창명 자네!"

아직까지는(?) 운현의 열렬한 광신도라고 할 수 있는 창명을 필두로 하여 치열한 경합이 시작됐다.

처음에는 당황했던 자들도 다수였다.

하지만 이들 모두가 무인이다.

"죽어랏!"

"거 말이 심하지 않나!"

"그럼 눕게나!"

당황도 잠깐이다.

처음에는 검을 어찌 휘두를까 걱정하던 자들도 모두 검을 뽑아들었다.

진신 내공 전부를 쏟아붓거나, 살계를 여는 자는 없었다. 그렇다 해도 모두 진검을 들어 휘두른다.

후우우웅—

그 휘두름이 결코 가벼울 수는 없었다.

백이 넘는 인원들이 붙고 있지 않은가! 검을 휘두르면서!

"검진을 짜!"

"옙!"

"버텨!"

게다가 운현에게 당하며 전에 없던 끈기까지 길러 낸 이들이다.

아니 끈기는 본래부터 많기는 했다. 중소문파 출신으로 여기까지 온 자들 중에 끈기가 없는 자는 없었다.

끈기가 아니라 근성, 아니 그 이상의 무언가를 운현에게 맞아가며 배웠다.

버텨야 한다는 절박함과 함께 지독함도 함께 얻었다.

검진을 짜서 버티는 자.

"크엇…… 뒤, 뒤를 치는 게."

"지금 그게 문제인가! 집단전인데! 받기나 하게!"

다소 치사하다 할 수 있는 수까지 쓰는 자들도 있었다.

다른 이라면 그걸 정파인답지 못하다 할 수 있겠지만, 운현은 되레 묵인했다. 아니 응원했다.

"좋군."

치사하다 할 수 있는 수를 쓴 자들은 대련이 끝나면 은근 슬쩍 챙겨줬을 정도다.

눈칫밥을 먹고 산 검대의 무인들이 운현이 슬쩍 챙겨주는 걸 보고, 눈치를 못 채겠는가?

절대 아니다!

'……바라는 게 이런 방향이었군.'

운현이 그들에게서 무얼 바라는지를 알았다.

살아남는 것! 그것 하나!

지독하든, 더럽든, 치사하든 간에 앞으로 벌어질 사파와의 대전에서 살아남기를 원한다는 것을 바로 알았다.

그 어떤 수를 쓰더라도, 사파와의 대전에서 화살받이가 되어 허무하게 쓰러지기보다는 지독하게 검을 휘두르라는 의미를 바로 느꼈다.

그때부터 그들의 손에 쥐어진 검의 무게감이 달라졌다. 각오가 변했다.

"이익!"

"당하기만 할까! 쳐라!"

때로는 사파 무인이라도 되는 것처럼 악다구니를 썼다.

"어딜!"

"이미 예상했던 바다!"

치사하게 뒤를 치면, 그 뒤를 치는 자들의 허점을 찌르고 들어갔다.

변해 갔다.

'좋아. 이거다.'

운현이 있었던 이통표국. 그곳에 있는 표사들이 살기 위해, 또한 가족을 위해 검을 휘두르고 치열하게 살아가듯이!

운현이 계속해서 따라붙는 암화의 무인들에게 살아남고자 미친 듯이 발악을 했던 그 모습처럼!

대주인 운현을 필두로 하여, 그들 모두가 달라져 갔다.

집단전을 벌일 때마다 더욱 끈끈해져 갔다.

"바로 다음! 오시죠!"

운현에게 고통받는다 여겼던 대련이 길어지면 길어질수록 지독함을 얻었다. 모두 악바리가 되어 가기 시작했다.

"더 가!"

"아직입니다!"

"우와아아아아아아악!"

안 나오는 목소리까지 쥐어짜가며 냅다 내지르고는 검을 휘두르는 자도 있었다.

힘이 없어, 아니 내공이 달려서 검에 제대로 힘이 실리지 않아도 무사들은 상관치 않았다.

'한 번이면 돼.'

'닿는다! 닿는다! 아니 닿아야 한다!'

자신의 힘이 다해서 쓰러지면, 그 다음이 있음을 알았다.

검을 휘두르고도 운현의 한 수에 속수무책으로 당하더라도 자신과 같은 무인들이 그 다음을 이어줄 것임을 제대로 알았다.

쓰러지고 쓰러져도 검을 휘둘렀다. 그러다가 마침내는.

샤아아아악—

"······어? 어어어?"

닿았다!

화경. 어쩌면 그 이상. 자신만의 길을 개척하고 있는 무인 운현. 그의 소매에 자신들의 검의 궤적을 남기는 데에 성공했다.

나풀거리며 떨어지는 실타래 몇 조각. 운현의 소매를 감싸고 있던 실타래가 떨어지는 그 순간.

"우아아아아아아아아아!"

그들은 사파와의 대전에서 승리라도 하기라도 한 듯 고함을 내질렀더랬다.

절대.

어쩌면 죽는 그날까지 닿을 수 없을 것 같았던 무인. 신의이자 악귀. 또한 그들에게 있어 검대의 대주이자 우상인 운현.

그에게 상처를 입힌 것도 아닌, 단순히 소매에 검이 닿았을 뿐이지만, 작은 실타래가 떨어져나갔을 뿐이지만!

그들에게 있어선 그건 차원이 다른 일이었다. 도약이었다. 생각지도 못한 성과였다. 그걸 얻었다.

그 얻음을 통해서 그들은.

"……허 참."

눈빛이 달라졌다.

반쯤 죽은 동태 눈깔을 하고 있던 이들은 완전히 사라졌다.

"……또 하지요. 대주님!"

한 번의 대련이 끝나면 나 죽었소, 하고 쓰러지던 자들이 줄어들기 시작했다.

"오늘은 그만 쉬지요."

"아닙니다. 더 할 수 있습니다!"

지친 몸을 누인다고 나자빠져 있던 이들이 사라졌다.

검을 휘두를 수 있는 그 끝까지. 몸을 단련할 수 있는 마지막까지. 어떤 방식이든, 어떤 무공을 사용하든 간에 죽자 살자 매달리는 자들이 생겼다.

개인이 아니라 집단 그 자체가 변한 듯했다.

'상상 이상인데…….'

이런 상황을 만들어낸 운현으로서도 상상도 하지 못할 정도로 사람들이 변해 갔다. 그리고 그 변해간 자들은 모두.

'달라진다.'

하루 하루가 새로운 발전이고 변화였다.

굳이 무공이 강력해지지 않아도, 새로운 깨달음을 얻지 않아도 좋았다.

운현을 통해서 얻은 영약. 그를 통해서 내공이 늘어나는 것보다도 더 좋은 것이 있었다. 의지가 달라졌다.

그들의 무의식에 스며 있었던 의식.

'패배 의식⋯⋯.'

구파일방의 무인들보다 못하다는 의식. 자신들은 결코 해낼 수 없다는 의식들. 그러한 것들이 달라지기 시작했다.

할 수 있다는 마음가짐을 가졌다. 아니 마음뿐만이 아니라 움직였다.

그것이 곧 변화로 이어졌다.

이런 자들에게 시간은 전혀 상관이 없었다. 때론 모두에게 공평하게 가는 시간이 중요한 게 아니었다.

공평한 시간 아래에서.

'다른 이보다 더 많은 걸 얻는 자들이 있지.'

검을 한 번 휘두를 때마다 더 많은 의미가 아로새겨졌다.

쓰러지려는 몸에 억지로 힘을 주고 움직이려 할 때마다,

더욱 굳건해져 갔다.

한 사람의 변화가 아닌, 단체가 전부 달라져 갔다.

그들 모두가 일정 시간이 되었을 때.

'이제 슬슬 때가 오는 건가.'

운현이 생각하던 시간이 점차 다가오고 있던 그때. 모두가 대오각성(大悟覺醒)했다. 하나의 다른 차원으로 도약하는데 성공했다.

'최선이었다.'

부족할 수도 있었다.

대오각성했다 해도, 무림맹의 정예는 되지 못한 자들이 속한 청룡검대일 수도 있었다.

하지만 달라졌다. 이미 충분했다.

무림맹의 그 어떤 무사들보다도 똘똘 뭉쳤다.

최상의 검진. 최상의 무공. 최상의 무인들은 되지 못했다. 그렇다 해도 하나가 되는 데는 성공했다.

전통은 없어도 단기간에 전통 이상의 그 무엇으로 서로가 엮였다.

부족한 것은.

'내가 채우면 된다.'

오래전부터 준비해 왔던 자. 암화의 숙적이 되었다 할 수 있을 운현이 채우면 됐다. 그 정도 능력은 있다 자부하는 운현이었다.

'해 볼까.'

그들로부터 해낼 수 있다는 자신감이 더욱 차오르기 시작하는 운현이었다.

*   *   *

시일이 흘렀다.

사파의 영역인 저 아래 성에서부터 사혈맹이라는 이름으로 뭉치는 게 확실히 가시화되는 시점이었다.

아직 준비가 다 안 된 정파인들로선 생각 외로 많은 사파인들이 새로 생기는 사혈맹에 반감을 가져서 다행이었다.

'의외로 길어지고 있다.'

그들의 생각보다도 더 오래 버티고 있었다. 그게 다행이었다. 없던 시간이 좀 더 생겼으니까.

그사이 대오각성을 한 청룡검대.

결국 다른 이름은 받지 못하고 정식으로 청룡검대라 명명된 그들은, 그들에게 주어진 이름에도 상관없이.

"……오늘은 무슨 수련입니까!"

"대련입니까? 준비한 수가 있습니다만은! 후후."

수련 그 자체에만 열을 올리고 있었다.

주변이 어떻게 되든, 수련 그 하나만이 자신들에게 주어진 모든 운명이라도 되는 듯 열을 올릴 정도였다.

　'반짝이는군.'

　오늘은 또 어떤 수련일까 눈을 빛낼 정도.

　하지만 오늘의 운현은 그런 그들에게 영약을 쥐어줄 생각도, 당과처럼 달콤한(?) 수련을 시켜줄 생각도 없었다.

　오늘의 계획에 수련은 없었다.

　"쉬게나."

　오직 휴식뿐.

　"예?"

　"잘못 들은 것 같습니다!?"

　쉬라는 말에 모든 무인들이 못 들을 말이라도 들었다는 듯 놀란다. 꿈에도 생각지 못한 말을 들었다는 표정이다.

　"뭐, 뭐야?"

　자기가 수련을 하다가 미쳤나 생각하며 귀를 후비는 자까지 있을 정도였다. 환청을 들었다고 생각을 한 거다.

　수군수군대며 상의를 하기까지 하는 상황. 그 상황을 보며.

　'……내가 극한까지 굴리긴 한 건가. 으음.'

　본의 아니게 운현이 자신이 너무 굴렸나 싶어 반성을 해야 하는 것 아닌가 생각을 할 정도였다.

특히 창명의 경우는.

"대체 왜 쉬는 겁니까!"

운현의 광신도인 주제에 따져 묻기까지 해 왔다.

'……중독이구만.'

그의 눈은 완전히 중독된 자의 그것이었다. 운현을 넘어 수련에게까지 광신을 하게 된 게 분명하다!

'……잘못해서 다른 데 빠지면 집안 말아먹겠어.'

가만 보니 운현이나 수련에 광신을 하게 돼서 다행이지, 어디 사이비 종교에라도 빠지거나 하면 거기에 목숨까지 바칠 자가 창명이었다.

차라리 수련을 하게 돼서 다행이라고 생각하며 운현은.

"오늘 정도는 보상이라 생각하지요. 그동안 하루도 제대로 못 쉬지 않았습니까."

"그래도…… 저희는 더 할 수 있습니다!"

"되었습니다. 오늘은 하고 싶어도 하기 힘들게 된 상황입니다."

"어디라도 가십니까? 설마 사파가 벌써 선수를 치고 쳐들어온 것은!?"

"……그건 아닙니다만. 아직 쳐들어올 낌새는 전혀 없지요."

슬슬 달랠 수밖에 없었다.

처음에는 고통스러워하기만 하더니, 이제는 아주 수련에 미쳐서 떼를 써대는 꼴이었다.

"그럼 대체 이유가 무엇입니까!?"

"모여야 할 때여서입니다."

"모임이라 함은?"

"자세한 것은 극비. 그 이전에 하루 쉬시지요. 어쩌면 마지막 휴식이 될 수도 있으니."

"아아……."

운현의 마지막 말을 듣고, 그제서야 납득을 하는 창명 이하 청룡검대였다.

극비.

그 두 글자 안에 많은 설명이 들어가 있음을 깨달은 게다. 그제서야 물러났다.

"아 그리고……."

"무슨 하실 말씀이라도 있으신 겁니까?"

물론 운현이 남긴 마지막 말에.

"그럼 다녀오겠습니다. 분명 쉬고 있어야 합니다. 몰래 수련을 하면 안 됩니다. 아시겠죠?"

"……서, 설마 하겠습니까."

살짝 움찔한 자들이 다수였던 건 착각이 아닌 게 분명하다.

운현이 없던 사이에 쉬지 않고 수련을 하려고 했던 자들이
다수인 거다!

*   *   *

'수련병이라는 신종 병이라도 생긴 건가……'

없던 병이 생긴 건 아닌가 하는, 말도 안 되는 생각까지
하면서 운현이 안으로 움직이기를 한참.

"왔는가? 늦었군."

"죄송합니다. 수련을 하자는 걸 달래다 보니 그리 되었습
니다."

"허허. 청룡검대의 소문이야 근래 유명하지. 단기간에 그
리 유명해지는 것도 최초일 게야. 무슨 수를 쓴 겐가?"

"운이 좋다고 밖에는 달리 할 말이 없습니다."

"운이라…… 흠흠. 과연 그럴는지. 한두 번이야 운일 수
있지만 자네는 이미 여러 번 그러했지."

먼저 와서 운현을 기다리고 있던 무적자. 청룡검대라는 이
름까지 손수 운현에게 지어준 그는 꽤 복잡스런 눈빛으로
운현을 바라 봤다.

비법이라도 있다면 달라는 눈빛이지만.

'줄래도 줄 수가 없지.'

청룡검대의 일은 운현으로서는 그저 열심히 굴리다 보니 만들어진 기적이었을 뿐이다. 달리 비법이 없었다.

한참의 침묵이 오고가고.

"하핫. 많이 늦었습니다."

"왔군."

근래 들어 무력대에 자리를 잡기 시작한 당기재를 필두로, 다른 이들이 하나둘씩 들어오기 시작한다.

운현에게 늦었다고 하지만, 실상 여기 온 자들 중에서는 빠른 편에 속한 셈이었다.

당리개에 무적자. 제갈가의 인원에 뒤이어 온 오대세가의 무인들까지. 최대한 소수만을 모았다지만 그 수가 꽤 되는 상황이다.

'든든하군.'

예전이라면 모를까 지금은 모두가 든든한 아군인 상황이다. 적어도 이들만큼은 당장 암화의 손길이 없다고 자부할 수 있는 자들이었다.

설혹 숨겨진 암화가 있다고 하더라도 능히 이겨낼 수 있는 자들이 이들이었다. 여러 일을 겪으며 고르고 골라진 자들이다.

그들이 모두 모였다.

아직 모이지 못한 자들은 금방 이곳에 당도할 게다. 오늘은 그걸 위해서 따로 이곳에 자리를 만들었다.

*　　　*　　　*

잠시의 점검. 서로의 환대 속에서 시간이 얼마나 흘렀을까.

슬슬 다른 이야기를 하던 자들이 운현에게로 집중을 한다. 어쩌면 가장 중요하다 싶을 수 있는 안건을 말해야 해서일까.

처음까지만 하더라도 부드러웠던 분위기가 운현에게로 집중될 때는 그 어느 때보다 무거워졌다.

"계획은 좋네만…… 자네 정말 계획대로 할 것인가?"

"자네만 짐을 떠안는 게 될 수도 있네. 너무 위험하기도 하고."

무적자와 당리개. 그 둘이 염려를 할 정도였다.

"괜찮다면…… 안 하는 쪽으로 말리고 싶군."

계책으로 유명한 제갈가의 제갈민마저도 염려스러움을 표할 정도였다.

"이론상으로는 이 이상의 계책이 없을 수도 있네만……
내 입장에서 이런 말을 하긴 뭐하나 현실과 이론은 다른 경우도 꽤 되네."

"알고 있습니다."

"알고 있다면 하지 않는 게 어떠한가?"

딸인 제갈소화에게 무슨 말을 듣기라도 했는지, 꽤나 적극적으로 말리기까지 한다.

하지만 운현은.

'이미 결정된 바다. 여기서 뭔가를 변경하기에는 늦기도 했어. 준비는 상상 이상으로 잘됐고.'

흔들림이 없었다. 다들 염려하는 기색이지만, 그 염려를 받는 운현은 되레 당당했다.

"젊은이로서의 혈기도 아니고, 쓸데없는 공명심도 아닙니다."

"……알고 있네. 하지만 너무 가시밭길 아닌가."

"생각보다 쉬울 수도 있습니다. 처음 계책을 입안했을 때 찬성하시지 않았습니까?"

"허허……."

설득을 하려는 자들을 되레 설득을 하려고 하니, 더 나서는 자들도 슬슬 줄어들었다.

운현이 하려는 계책.

위험하기 그지없지만 성공만 한다면 생각보다 쉬이 성공할 수도 있음을 알고 있기 때문이리라.

'사파는…… 언제나 먼저 공격을 해 오는 쪽이었지.'

공격성이 짙은 사파. 그걸 막는 정파는 언제나 방어만을 해 왔다.

설혹 사파를 징벌하겠다고 나서더라도, 정파라는 이유로 혹은 다른 명목을 이유로 최악의 상황까지 가지는 않던 정파다.

운현은 그 맹점을 짚었다.

'다 죽자고 시작한 일은 아니다.'

모든 사파가 사악하지 않음을 안다. 사연이 있어 사파가 된 자들도 있음을 안다. 그들 모두가 악인은 아니다.

그들 모두를 죽일 수는 없다. 하지만.

'적이라고 한다면……'

다시금 쉽사리 일어나지 못하게 잠시 잠재울 필요성은 있었다.

탁운이 만들어낸 사혈맹. 그 중심을 무너트리고 나아가서는.

'암화가 남지.'

암화와 그들에게 협조를 하고 있는 자들을 무너트릴 필요가 있었다.

그래야만 이 지긋지긋하다 할 수 있는 모든 일들이 끝을 맺을 것임을 확실히 알고 있는 운현이었다.

그렇기에 모두의 설득이 먹혀들지 않았다.

"이미 바꾸기는 어려운 상황입니다. 의가의 무사들도 곧 이곳에 당도하지요."

"그들에게도 준비할 시간이 필요치 않겠는가?"

"이미 준비를 시키고 있었습니다. 자자, 우선은 점검부터 해보지요."

이미 짜여진 작전을 더욱 촘촘히 짜갈 뿐이었다.

모두의 염려 속에서도 준비는 차곡차곡 돼 갔다.

*   *   *

어느 날. 청룡검대의 인원들도 슬슬 훈련에 적응을 떠나 몸이 달아올랐을 때.

"명받고 달려왔습니다!"

"하핫. 명까지라고 말하실 필요 있겠습니까. 못 보던 사이 과장이 늘었군요?"

"오랜만에 봬서 그렇다 합지요!"

삼권호를 포함한 의명 의방의 무사들이 도착했다.

전검을 익히고 있는 왕정, 한 덩치를 자랑하는 권사 이중현, 그 뒤를 빼곡히 채우고 있는 이칠아, 우한철까지.

'확실히 됐어.'

운현이 없는 사이에도 끊임없이 준비를 한 그들은 전에 없이 단단한 자들이 되어 있었다.

　청룡검대에 더해서 의방 무사들까지 전부 온 상황.

　'아버지는 잘하고 계시겠지.'

　이들을 제외하고도 달리 요청을 한 자들은 많았다. 그들 모두 운현의 말을 따라 바삐 움직이고 있는 터.

　판은 깔아졌다. 남은 건 하나다.

　"바로 가지요."

　"바로인 겁니까? 달리 손을 맞춘다거나……."

　"가면서 하면 됩니다. 꽤 고생스런 길이 될 겁니다. 괜찮겠지요?"

　"신의님이 가시는 곳이라면 어디든!"

　판에 뛰어드는 거다.

第四章
판이 짜이다

'이 정도가 최선.'

준비할 수 있는 모든 것을 준비했다.

그대로 출진했다.

명령서도 미리 준비된 것도 아니었지만 검대의 무인들 중 누구도 출진을 거부한 자는 없었다.

기꺼이 운현을 따랐다.

시간은 짧았지만, 아니 시간에 상관없이 이미 모두 운현을 따르게 된 지 오래였다.

그렇게 의방에서 온 무사들과 검대원 모두가 출발을 한 상황.

무림맹에서는 대번에 난리가 났다.

"이게 무슨 일이란 말이오!"

회의가 소집됐다. 체면이든 뭐든 간에 어지간해서는 소리를 높이는 법이 없는 우화 진인이었다.

맹주 대리가 되고 나서는 더욱 그랬다.

좀 더 예의를 지키는 척. 조용히 경청을 하는 척을 했다. 뒤에서야 여전히 자신들의 이권을 챙기는 일을 했지만 적어도 겉으로는 그랬다.

그게 맹주 대리라는 자리에 맞는 격이라 생각하는 듯했다.

하지만 그날만큼은 화통이라도 집어삼킨 듯 목소리가 우렁찼다.

화산파의 사람인데 소림의 무공 중 하나라 알려진 사자후라도 익힌 게 아닌가 싶을 정도였다.

물론 높은 경지에 이르면 소림무공이 아니더라도, 사자후와 비슷한 공능을 사용할 수야 있지만 말이다.

어쨌거나 무적자가 오고 나서는 두문불출, 몸을 사리던 우화 진인치고는 기세등등했다.

"청룡검대가 어찌 출발을 한단 말이오. 대체 어디를 가!? 지금같이 중요한 시기에 대체 어디를!"

한 건이라도 잡은 듯한 표정이다.

실제로 형산이나 화산에서 나온 인원들은 전부가 기세등등하긴 했다. 오랜만에 보는 모습이었다.

다만 대꾸하는 무적자나 당리개는.

"문제가 있소?"

"나갈 수도 있는 것 아니오?"

당당하기만 했다.

"뭐, 뭣? 어찌 나갈 수가 있단 말이오."

너무 당당하여 진인이 당황하는 건 무리도 아니었다. 제대로 한 건을 잡았다 여겼는데 저쪽이 너무 당당했다. 움찔하는 기색도 없었다.

오히려 큰소리를 쳐왔다.

"검대의 대주가 나가자 했는데 문제가 있소?"

"맹주의 허락이 없지 않았소?"

"흠…… 맹주 대. 리. 괜찮소이까? 설마 벌써 잊은 것입니까?"

짐짓 우화 진인을 안쓰럽다는 듯 바라보는 무적자였다.

맹주 대리이면서 어물쩍 본인을 맹주라 칭하는 그 모습에 동정을 느끼는 건 무리가 아닐는지도 몰랐다. 거기에 더해서.

"뭘 말이오?"

"분명 회의를 했지 않소이까. 자율 작전권이 있다고. 모든 무력대는!"

"허어…… 그거야 그렇소만! 그래도 이제 막 수립되기 시작한 거 아니오? 그런데 벌써부터 그리 횡포를 부려서야……."

"아니. 횡포! 횡포라니오! 그게 무슨 소리요. 맹주 대. 리!"

무적자가 대리라는 말을 끊어 이야기하는 건 착각만은 아닐게다.

으득.

그 모습에 입술을 씹어 삼키면서도 우화 진인은 우선 소리를 내지르고 봤다.

"횡포가 맞지 않소. 절차라는 것이 있고 관례라는 것도 있는 법인데! 아무리 회의로 정해졌기로서니!"

"사파가 당장 준동할 상황인데 관례는 무슨 관례요!"

"전통 아닙니까!"

"가장 중요한 관례고 전통이라 하면 정파가 사파를 막는 게 가장 중요한 전통 아니오!"

"……허어. 그래도 말을 해야지! 이렇다면 맹주 자리가 대체 왜 필요하단 말이오."

"그러게나 말입니다."

"……내, 내가 잘못 들은 것이오? 그, 그러게나 말이오라니!"

무적자도 지지 않았다. 말꼬리를 잡는 솜씨가 여간내기가
아니었다.

"캬아……."

당리개가 호흡을 맞추듯 외치는 감탄사도 참으로 적시에
치고 들어왔다.

안 그래도 당황스러움에 호흡이 곤란한 맹주 대리나 화
산, 형산의 무인들이 전부 기염을 토할 정도였다.

이건 마치 가지고 노는 듯한 모양새이지 않은가.

하지만 여기서 끝나지 않았다.

무적자는 여기서 한발 더 나갔다. 우화 진인이 한마디 더
내뱉으려는 찰나! 선포하듯 외쳤다!

"아. 그리고 말이오."

"또 뭐요?"

상황이 격화됐는데도, 무적자는 상황을 즐기는 듯 웃음까
지 지어 보이고 있었다.

"우리도 출진할 생각이오."

"이쪽도요."

"사대 무력대 전부 나갑니다."

"청룡대가 나섰으니 이쪽도 나서야겠지요."

무적자와 마찬가지로 다른 대주들도 이미 이야기가 된 듯
웃음을 지으며, 우화 진인을 바라보고 있었다.

그 상태 그대로 똑같은 선언을 하고 있었다.

'모두 출진한다.'

라고. 우화 진인으로서는 상상도 하지 못한 일이다.

하기는 애당초 운현이 그런 식으로 기습하듯 무림맹을 튀어나가는 것도 생각지 못했다.

'근래 분주하더니!'

무림맹에 자원을 수급하는 자들이 분주하기만 하더니 이런 이유였단 말인가?

뒤늦게 생각이 들지만 이미 모든 건 늦어 있었다.

"뭐, 뭐요? 하나가 아니라 전부가 나간다고!? 그럼 무림맹은 어찌한단 말이오!?"

"무림맹이 문제가 있겠소이까? 여기가 어딘데. 사파가 준동한다고 하더라도 이곳에 도달하기까지는 한참이 걸릴 것이오."

"그래도 무림맹을 지키는 자가 있어야 하지 않겠소!"

"허허. 형산과 화산이 지켜주는데 어찌 쳐들어오겠소이까. 무려 구파일방 중 둘이 아닙니까. 다른 성도 충분히 지켜줄 수 있을 거라 믿습니다만은."

"듣기로 본파에서 지원도 곧 더 당도하지 않소이까? 우리 방의 아이들이 잘못 알 리가 없을 터인데……."

"그건!"

"맹을 위해서 지원을 부른 것 아니었습니까? 흘흘."

"……."

당했다.

무적자와 당리개의 말에 우화 진인은 그리 생각할 수밖에 없었다.

여기서 지키지 못한다고 함은, 형산과 화산의 힘이 부족하다고 자인하는 꼴이었다. 그럴 수는 없었다. 그래서야.

'……위험하다.'

애써 차지한 맹주 대리라는 자리조차 내놓으라 할지 몰랐다.

지금과 같은 전시 상황인데 맹을 지킬 힘도 없으면 무슨 소용이냐 외칠지도 몰랐다.

"허…… 허허허……."

멀리서 화산의 진인 중 하나가 헛웃음을 짓는 게 보인다. 우화 진인과 같은 항렬이었다. 은화 진인이라 불리며 그의 사형제기도 했다.

우화 진인도 그와 같은 심정이었다. 하지만 같이 웃을 수는 없었다. 위태위태하기는 해도 그는 그의 자리에서 해야 할 일이 있었다.

발악이라도 해야 했다.

"그래도 우선은 먼저 가는 것보다는 기다려야 하지 않소.

사파가 어지간히 죄를 짓지 않고서야 맹이 먼저 나서는 것
은······."

"사파가 준동하고 있지 않소? 혈채를 받겠다고!"

"그걸로는 모자라지 않소이까! 막상 명분은 그리 삼아도
정파로 쳐들어오지 않을 수도 있소."

진인의 말대로 실제 정파가 먼저 사파의 영역을 향하는 일
은 거의 없었다. 아니 아주 없다 봐도 무방했다.

현실적으로 그랬다.

사파가 준동한다 해도, 쳐들어오지 않는 한 먼저 쳐들어
가는 것은 애써 정파의 힘만 잃는 격이 될 수도 있었다.

애써 힘을 빼 봐야 사파로부터 따로 얻을 만한 것도 없는
편이었다.

정파가 사파의 사업장을 가져가서 뭣하겠는가?

사파처럼 도박판을 운영할 수도, 그렇다고 기루를 운영할
수도 없는 법이었다.

그렇기에 어지간해선 먼저 치는 경우는 없었다.

그런데 이건 뭐란 말인가. 사대 무력대를 포함해서 모두가
당장에라도 튀어나갈 듯한 기세였다.

"허허. 그래도 그쪽이 먼저 정파를 치겠다 말했소. 혈채를
받겠다고. 갚아주어야겠지."

"그래서야 우리가 사파와 다른 것이 무엇이오!? 먼저 쳐서

야…… 그건 정파가…….”

“정파가 해야 할 일이지! 당장 많은 자들이 피를 흘리고 있소. 사혈맹을 만들겠답시고 곳곳에서 피를 흘리고 있잖소!”

“그건 사파인들의 피가 아니오?”

“맹주 대리! 아니 진인! 그게 할 말이라고 보오!”

이쯤 되면 물러나야 함에도, 당리개나 무적자 누구도 물러나는 자가 없었다.

‘……하.’

그의 말이 먹혀들지 않는 상태였다.

‘이건 완전히 당한 건가.’

우화 진인 그가 여태껏 해 온 경험이라는 게 있지 않은가.

마음을 먹는다면 거짓 논리, 궤변이라도 꺼내 들어서 하루 온종일 당리개와 무적자를 잡아 둘 자신은 있기는 했다.

하지만 그래 봐야 잠시다.

말로 얼마간 잡아 놓는다고 해 봐야 얼마나 잡을 수 있을까. 하루? 이틀? 길어야 삼 일이나 저들을 잡을 수 있을까.

‘당했다. 처음부터 달랐어.’

저들은 우화 진인이 뭐라 하든 무력대를 이끌고 나설 거다.

어쩌면 무력대의 인원을 넘어 중소 문파에 속해 있는 다른 무인들도 전부 따라나설지도 몰랐다.

상황을 보아하니 십 중 구 할은 분명 따라갈 듯 보였다.

그제서야 전에 보이지 않던 상황이 보이기 시작하는 우화진인이었다.

'……이거. 권력쟁투가 아니었구나.'

처음부터 보는 시야가 달랐다.

그는 무적자가 나서서 움직이는 것이 소림이 무림맹의 권력을 되찾기 위해서라 봤다.

무슨 이유에서인지 몰라도 소림은 너무도 오래 두문불출했다. 그 사이 화산과 형산이 무림맹을 차지하다시피 하지 않았는가.

소림이 중심이던 무림의 중심을 화산 쪽으로 끌어 오는가 했다.

그 때문에 무림의 중심. 그 옛날의 영광을 되찾기 위해서 무적자가 나서는 건가 생각했다.

무림맹 안에서 이뤄지는 정쟁이라고 봤다.

헌데 아니었다.

이들은 무림맹 내부의 싸움 따위는 생각도 않았다. 이들에게는 그게 중요한 게 아니었다.

처음부터 이들과 자신은 다른 곳을 보고 있었다.

자신은 내부를 보고 있을 때. 이들은 처음부터 외부, 사파를 바라보고 있었다.

자신은 무림맹의 자리를 하나 얻으려 할 때, 이들은 무림인으로서 무림맹의 고삐를 죄기 시작했다. 준비를 했다.

자신은 권력과 함께 잃어가는 것들에 고군분투를 하고 있었는데, 저들은 전혀 달랐다.

"허허······."

은화 진인과 같은 헛웃음이 우화 진인의 입에서도 비어져 나온다.

'무력대를 적당히 흔들어 주면 된다고 여겼거늘······.'

너무 안일했다.

바라보는 곳이 다른데 싸움이 되겠는가.

지피지기백전불태(知彼知己百戰不殆)라 했다.

적을 알고 나를 알아야 하는데, 나는 알아도 적은 전혀 몰랐다. 그게 패착이다.

"허허. 허허허허······."

허무한 울림만이 이어질 뿐이었다.

'격의 차이인지······ 내 능력의 부족인지. 아니면 시야인가?'

진인으로선 온갖 것들이 거슬리기 시작했다.

자신은 진인으로서 평생을 바쳐가면서 무림맹의 힘을 얻고자 달렸건만, 소림은 나서자마자 속전속결로 무림맹을 자신들의 수족처럼 다뤘다.

너무도 당연하다는 듯이. 너무도 쉽게!

언제적 소림사냐고 생각을 했거늘, 자신은 부처님 손바닥에 있었던 손오공처럼 그들의 손바닥 위에서 놀았던 게다.

'화산도 부족함이 없다 여겼거늘……'

대체 소림은 어디서 저리도 단단해졌을까?

어디서 저리 싸우는 방법을 터득했을까? 무림은 평화롭기만 했는데 대체 어디서!

'대체……'

소림과 암화와의 쟁투를 모르는, 아니 애써 무시해 왔던 우화 진인으로서는 저들의 저력이 어디서 나오는지 상상조차 되지 않았다.

그저.

"그럼 그리 알고 계시오."

"저희가 움직이는 동안 무림맹을 꼭! 꼭! 지켜주십시오!"

당황해하는 사이 모든 것이 이뤄질 뿐.

'……얼마나 갈꼬.'

저들이 출발하면 무림맹은 정말 화산과 형산의 무인들만 남을지 몰랐다.

그대로 빈집이나 지키는 신세가 되는 것이다.

누군가는 가장 안전한 장소라고 말하겠지만, 가장 안전한 장소가 무인이 있을 장소겠는가?

피를 흘리고, 검을 휘두르는 자리가 가장 안전한 자리보다 편한 것이 무인이다.

아무리 권력쟁투로 검이 녹슬어 가고 있는 진인이라지만, 기본이 무엇인지 정도는 알았다.

'……다시 생각해야겠어.'

뒤늦게서야 정신이 번쩍 드는 느낌이었다.

그가 그러든 말든.

"그럼 먼저 물러갑지요. 일이 많은지라……."

"남은 분들은 진행되는 경과라도 통보해 주시지요."

회의는 끝나지도 않았는데 무적자를 필두로 해서 모두가 자연스레 회의를 파하고 나가기 시작한다.

사대 무력대부터 시작하여 정보, 재원 그 모든 걸 책임지는 자들이 나가 버렸다.

남은 자들끼리 무슨 회의를 할까.

맹주 대리가 있으니 달리 다른 안건이라도 진행을 할까? 말도 안 되는 일이다. 어차피 실권은 저쪽에 있었다.

"맹주 대리. 아니 진인. 이거 대체 어찌해야 하오?"

은화 진인. 아직 상황도 파악하지 못했는지, 멍한 표정으로 물어 오고 있었다.

'늦군…….'

표정을 보아하니 그는 아직 상황 파악을 다 하지 못한 듯
했다.

한심스러웠다.

저런 자를 지원으로 받아서 움직인다고 하고 있었으니, 일
이 제대로 안 풀리는 것도 당연했다.

"무슨 말이라도 해 보시오!"

그 속도 모르고 그저 재촉만 할 뿐이었다.

그나마.

"흠…… 이거 완전히 휘둘렸소이다."

오래도록 자신과 암투를 벌이던 형산의 왕주선은 상황을
자신만큼은 파악을 하고 있는 듯했다.

'친우보다 적이 가장 나를 잘 안다더니…….'

딱 상황이 그랬다. 적이 동지가 되었다. 동문보다 나았다.
입이 쓰지만 어쩌겠는가.

"……다시 해봅시다."

저들이라도 이끌고 움직이는 것 외에 우화 진인에게는 달
리 다른 수가 없었다.

완전히 당했다.

애써 차지했던 맹주 대리라는 자리도, 무림맹의 권력을 양
분했다고 생각하며 가졌던 헛된 명성도 당장 아무 소용이 없
었다.

'처음부터 다시군.'

그 오래전 그러했듯, 무림맹을 지배함으로써 화산의 영광을 다시금 재현한다고 여겼던 그때처럼 시작을 해야 했다.

다른 게 있다면.

"해봅시다. 하. 이거 이렇게 물러서서야 형산이 아니지 않소."

최대의 적이라고 생각했던 형산이 같은 동지가 되었다는 것.

'든든하다 해야 하나…… 허허.'

이들이 어떤 방식으로 변화할지는 모르는 상황이었다. 허나 큰 변수가 될 것만은 분명해 보였다.

*　　　*　　　*

"한 명이 도와준다고 하는 것이 전부가 돼버린 듯하구나."

"……죄송합니다."

"되있다."

일이 커졌다. 단지 하오문의 한 지부에서 끝날 일이 아니게 됐다.

눈만 감아 준다면, 그 정도면 된다고 여겼는데 이제는 선택할 때가 됐다. 하오문에서.

어찌 보면 이 모든 일은 하연화로부터 시작된 일.

그녀가 개인적인 감정을 조금만 접었더라면. 아니 운현을 도와주겠다는 욕심을 조금만 버렸더라면 여기까지 오지는 않았을지도 몰랐다.

"요청이 왔음을 알고 있겠지?"

"물론입니다."

"하기는…… 모를 리가 없지."

하오문의 문주. 가장 천한 자들의 왕이며, 숨은 여왕이라 불리는 그녀가 하연화의 눈을 한참동안 가만히 바라보고 있었다.

모든 문도를 바라볼 때면 보이는 애정. 약간의 연민. 따를 수밖에 없는 위엄까지.

가장 낮은 자들이 모여든다는 하오문의 문주치고는 여느 문파의 문주 이상의 힘이 그 눈에 실려 있었다.

하오문이 아니라 다른 곳에 인연이 닿았더라면, 그곳에서도 꽤 대단한 일을 했을 자가 바로 하오문의 문주였다.

그녀가 조용하고 나지막한 목소리로 울림을 만들었다.

"호북성 지부장이 연통을 보내왔더구나."

"……."

"자신을 벌해 달라더구나. 너를 막지 못했다고. 자신은 문도들을 보호할 자격이 없다더구나."

호북성 지부장. 그는 하연화가 하오문과 운현의 사이에서 운현을 선택할 당시 그녀의 뜻을 존중해 줬었다.

하오문의 사람으로서가 아니라 한 명의 여인으로서의 마음을 허락해 줬었다.

"……부정(父情)이 있어 그럴지도 모르겠지. 마음으로 낳은 자식이라 생각했으니."

"송구합니다."

"아니다. 아니야. 마음이 가는 것이 어디 뜻대로 될까."

문주도 무슨 사연이 있었던 것인가, 잠시나마 애틋한 눈빛이 스쳐 지나간다.

허나 아주 잠시였을 뿐이었다. 바로 앞에 있는 하연화로서는 감히 눈치도 채지 못할 촌각이었다.

"휴우……."

"……."

문주의 입이 열리기를 하연화는 한참을 두고 기다릴 뿐이었다.

그녀가 모든 일을 벌인 것은 아니라지만, 포문을 튼 건 사실인 터.

하오문의 입장에서는 그녀의 책임이 전혀 없다 할 수 없는 상황이다.

중립.

말이 좋아 중립이지, 사파와 정파를 오고가면서 저울질해야 했던 하오문이 선택을 해야 할 때가 왔다.

운현을 통해 무림맹에서 요청이 왔고, 그걸 하오문은 받아들일지를 선택해야 했다.

정파와 사파. 그 사이에서 전투가 일어날 상황이다.

받아들이면 정파에 힘을 싣는 것이고, 받아들이지 않는다면 사파다.

그 성격상 사파에 가까운 것이 하오문이라지만 문제가 복잡하게 됐다.

"……사파도 완전한 사파는 아닌 상황이지."

문주는 암화의 존재를 알고 있는 것이 분명했다.

"그렇다고 정파도 마냥 정파와 같은 상황은 아니다. 알고 있겠지?"

"예."

"그들이라고 해서 깨끗하지만은 않다. 돕는다 하더라도 또 예전에 그러했듯 버림받을 수도 있는 것이겠지. 아니더냐?"

"……높은 확률입니다."

"그래. 그렇지. 그들은 언제나 그러했다."

정파는 하오문을 이용한다. 공공연하게.

그러면서도 하오문과 거리를 둔다. 기녀, 소매치기, 도박
꾼. 그런 자들을 괄시한다. 그들이 거기까지 간 사연을 생각
지 않는다. 같은 사람이라 보지 않는 자도 많다.

정파는 빛이지만 동시에 하오문에게는 닿지 않는 빛.

그 빛에서 요청이 왔다.

"필요할 때면 찾고, 언제고 필요가 없어지면 또 본래의 얼
굴로 돌아오지. 노골적이지만 딱 맞는 표현 아닌가."

"……"

"그런 곳에서의 요청이라…… 정파가 달라졌다고 생각하
는 것이더냐?"

"절대 아닙니다. 그럴 리가요."

정사지간의 하오문. 사파고 정파고 모두를 상대하는 그들
이기에 누구보다 잘 알았다.

정파라고 해서 그 누구보다 정의로운 것은 아니며, 사파
라 해서 악하기만 하지 않다는 걸 알았다.

그들 중 누군가를 편을 들어준다 해서 얻을 것이 없다는
것도 알았다.

"그럼에도…… 요청이란 걸 가져왔다라."

"송구합니다."

"흐음…… 정파에 믿음은 없다면…… 결국은 그래. 그 때
문이더냐?"

"예."

"당당하기만 하구나?"

"……여기서 아니라 말해봐야 무슨 소용이겠습니까."

"그래. 그렇겠지. 그럼 정파가 아닌 그를 믿는 것이더냐? 그를 믿고 선택을 해달라 말하는 것이고?"

"예."

운현을 말하는 것이 분명하다.

"그는 결국 너를 선택치 않을 수 있다. 꽤 많은 여인이 있다 들었다."

"……아직 선택치 않았습니다."

"또한 그녀들이 하나같이 여느 사내라면 마음이 홀릴 만한 여인들인 것도 사실이지."

"…….."

"그리고 그들 중 그 누구도 너와 견주어 부족하지 않은 것도 사실이다. 맞지 않더냐?"

"……맞습니다."

"그럼에도 그를 선택하는 것이더냐? 네 모든 것을 걸고서? 모든 걸 바치고서도 버림받을 수 있음을 알고도?"

"예."

답을 하는 하연화의 표정은 당당하기만 했다.

"일이 잘못되면 나는 너를 버릴 것이다. 하오문은 책임이 없으며 모든 것은 너로부터 비롯되었다 말할 것이다. 그럼에도 변하지 않을 것이냐?"

"당연합니다."

"지금이라도…… 휴우…… 아니다. 되었다."

하연화를 설득하려던 문주는 하연화의 눈을 보았다. 그녀의 눈에 담겨 있는 각오를 보았다.

'……이미 다 버렸구나.'

하연화의 안에는 이미 하오문이 없었다. 아니 있다 하더라도 이미 그 안에 더욱 큰 게 있었다.

저런 눈빛을 할 때의 여인은, 뭇 사내들보다 더 단단한 각오를 지니고 있었다.

그런 그녀를.

'막을 수가 있을까.'

그 누가 막을 수 있으랴.

하오문에서 그녀를 잡는다 해도, 그녀는 빠져 나갈게다. 나가서 운현에게 모든 것을 걸게다.

그것이 그 어떤 보상도 주어지지 않는 일이라고 하더라도. 결국에는 홀로 모든 것을 잃는다 하더라도, 그녀는 그걸 택할 게다.

어리석어서가 아니다. 현명한 아이다. 모든 것을 알고 있을 거다.

자신이 선택의 대가를 받을 수 없을지도 모른다는 걸 알 게다. 그럼에도 선택이란 것을 했다.

"……호북성에 뛰어난 아이가 들어 왔다 들었었다. 인재 (人才)라고 말이야. 후후. 차기 하오문주 될 아이라 했지. 그런 아이가 인재(人災)가 될 수도 있음이구나."

멀거니 바라보기를 한참. 그러다.

"네 값을 치르는 거라고 생각해 보자구나. 그 대가가 무엇 이든 받아올 수 있을 거라 생각해 보겠다."

문주의 말에 아래로 내려가 있던 하연화의 고개가 문주를 향한다. 그녀의 눈빛에 없던 빛이 서린다.

"할 수 있겠느냐?"

"물론입니다!"

"홋. 목소리 한번 우렁차구나. 그래서야 어느 사내가 좋아 하겠느냐?"

"……."

하연화의 얼굴이 새빨개진다.

"허나 너라면 그조차도 매력이 될 터이지. 한번 해보거라. 하오문은 정파도, 그도 아니라 네게 모든 것을 걸어 볼 터이 니."

"……해내겠습니다."

"가 보거라."

"예!"

무림맹에서 운현이 떠나간 지 고작해야 삼 일 후였다.

그리고 맹에 있는 사대 무력대마저도 떠나간 지 오래인 그 어느 날, 하오문에서 하연화 그녀가 떠나갔다.

목적지는 그가 있는 곳.

새로이 만들어질 사파와 정파의 전장 한가운데가 될지도 모를 곳이었다.

그런 하연화가 떠나고 남은 자리.

"차기 문주가 될 아이를 얻는 값이라면 싼 것일지도 모르지. 준비를 해 볼까……."

하연화의 면전에서는 그녀를 버릴지도 모른다 말을 했으나, 정작.

'……일이 잘못된다면.'

하연화 그녀를 대신해서 모든 것을 버릴 각오를 한 하오 문주가 움직이기 시작했다.

"본디 변화는 순간에 일어나는 것일지니……."

오랜 칩거 아닌 칩거를 깨고 거인 하나가 더 일어났다.

가장 낮은 곳에 거하며, 가장 높은 자들을 살피는 거인의 움직임이었다.

第五章
공방(攻防) 중 공(攻)

운현의 요청은 하오문에만 있었던 것이 아니다.

그는 자신이 동원할 수 있는 것. 쌓아 온 모든 힘을 이번 일에 전부 걸었다. 그리고 그 모든 것에는 그에게 가장 소중하다 할 수 있는 가족 또한 포함되어 있었다.

'오랜만이로군.'

이통표국.

운현이 나고 자란 곳이자 뿌리. 그에게 있어 지금까지의 그를 만들어 준 곳이었다.

그곳에 운현이 발을 디딘 것은 무림맹을 떠나고 꽤 시간이 지난 뒤의 일이었다.

섬서에서 호북으로.

성과 성 사이를 오고간 일이라지만, 청룡검대의 모두와 의방의 무인들을 이끌고 들어 왔음을 생각하면 꽤 빠르게 이곳에 도달했다.

"들어가지요."

"예!"

운현이 성큼성큼 발을 내디딘다.

그런 그를 따르는 청룡검대를 포함한 모두는, 무림맹을 떠나기 이전보다도 더욱 굳건해져 있었다.

*　　　*　　　*

이곳까지 오는 사이. 운현을 따르는 자들이 단단해져 있는 건 당연하기만 한 결과일지도 몰랐다.

이곳에 내려오는 중에도 운현은.

"……수련은 생활이란 말을 실행하는 건 딱히 어려운 것도 아니지요."

"예?"

"잘 보시지요."

섬서에서 아래로 또 아래로 내려오면서도 쉬이 무인들을 놀리지 않았다.

"단순하게는 걸음에 보법을 싣는 것이 기본."

"……걸으면서도 보법을 사용하라는 것입니까?"

"물론입니다."

움직임 하나하나에 무(武)를 싣도록 만들었다.

그게 쉽겠는가?

보법을 쉬이 말하는 자도 있지만, 엄연한 무공이다. 움직임을 체계적으로 만든 것이 보법이고 그것에 힘을 싣자면 내력이고 심력이고 전부 소모된다.

그걸 하란다.

그로도 모자라서, 그 이상을 바랐다.

"실전에 가까이 손을 놀리진 못하더라도, 그 비슷하게 놀릴 수는 있겠지요?"

너무도 쉽게 말하는지라 그걸 받들어 전달을 해야 할 창명으로서도 놀랄 정도.

"……크흠. 너무 요란스레 움직이는 걸 수도 있습니다. 안 그래도 사파가 주의를 갖고 바라보지 않겠습니까."

"어차피 사파는 우리가 움직임을 알고 있을 겁니다. 그들도 바보는 아니니. 다른 무력대가 움직이는 것도 곧 파악하겠지요."

"그런 상황에서 요란스레 움직이면……."

"더 좋습니다. 어차피 언제고 그들의 시야에서 우리는 사라질 터이니…… 방안이 있다 말하지 않았습니까? 후후."

"……크흐."

어찌어찌 핑계를 대보려 해도 그 어떤 핑계도 먹히지 않는다.

'……어쩔 수 없나.'

청룡검대가 당장 수련에 불이 붙은 것은 맞다. 그 누구보다도 열심히인 것도 맞다. 하지만 이리 요란스레 움직이는 건 생각지도 못했다.

허나 그걸 시키는 운현은 너무 당연하다는 태도다. 거기다. 천외천이 있었다.

"저기 보시면 다들 잘 하지 않습니까?"

"……그렇군요."

운현이 가리키는 곳. 그곳에 있는 의방 출신 무인이라는 자들은 수련에 쉼이 없었다.

운현이 시키지도 않았음에도 당연하다는 듯 수련을 하며 움직이고 있었다. 그게 마치 숨 쉬는 것처럼 당연하다는 듯이!

자신들도 수련에 재미를 붙여 과하다 생각했는데, 그 이상의 괴물들이 저곳 의방이란 곳에 숨겨져 있었다.

'……낭인 출신들이라 들었거늘.'

후우웅— 파악!

검을 휘두르고, 손을 놀리는 것에 무게감이 실려 있었다.

타악.

내딛는 발걸음에는 형(形)과 힘이 실려 있었다.

저들을 누가 낭인 출신이라 할까. 저 정도의 실력이라면 출신에 상관없이 무림맹에 들어오고도 남을 자들이었다.

아니 낭인 일을 해도 소문이 나지 않고는 못 배길 만큼 높은 실력을 갖고 있었다.

저런 자들이 모여서 움직였다면, 낭왕을 모신다고 하는 낭인대도 한 수 접어줘야 할 게다.

걸음걸이 하나에 힘이 달랐고, 모여서 움직이는 것에 익숙해 보였다. 전체가 한 몸처럼 움직이고 있었다.

단순히 보법을 내딛는 듯하나 그 안에는 그 어떤 규칙적인 움직임이 느껴졌다.

너무도 익숙하게 발을 내딛고, 수련을 하며 움직인다.

하나의 어떤 틀에 맞춰서! 마치 진을 형성한 것처럼!

'……여럿이며 하나다. 이미.'

청룡검대는 이제 갓 만들어진 터. 그럼에도 운현의 지원으로 많은 것이 달라졌다.

의방의 무인들은 몇 년도 더 전부터 운현의 아래에 모여 있었다 들었다.

단기간에도 청룡검대의 무인들이 이만큼 달라지는데, 의

방의 무사들은 오죽할까.

'처음부터 알아봤어야 했다.'

의방의 무인들은 알려진 것 이상으로 상당한 전력이었다.

운현의 명성에 가려져 있지만, 저들 모두가 이미 일가를 이뤄가는 자들이었다. 혼자라면 모를까. 모여 있다면 이미 하나의 일가라고 봐도 무방했다.

그런 자들이었다.

그런 자들이 움직이고 있다.

"더 빠르게! 반보를 더한다!"

"옙!"

그럼에도 멈추지 않는다. 더 앞으로 나간다. 이것으로는 성에 차지 않는다는 듯이.

운현을 바라보는 눈빛에는 한가득 빛을 담고서, 손을 휘두르고 발을 놀린다.

운현에게 누가 되지 않겠다는 듯이, 아니 운현 그의 뒤를 쫓는 것에는 이 정도쯤이야 당연하다는 듯이!

청룡검대보다도 더 나은 자들이 저리하는데, 창명이 어찌하겠는가. 아니 검대가 어찌하겠는가.

"……모두 수련 시작이다."

"예?"

"수련 시작이라 이 말이다. 움직여! 어서!"

검대의 무인들도 의방의 무인들과 섞여들었다.

수련의 장소라고는 절대 생각지도 못할 바깥. 그 안에서 땀을 흘리고, 내력을 쏟아 부으며 움직이기 시작하고 있었다.

그렇게 하나가 되어 움직여 왔다. 쉼도 없이 움직여 호북에 도착했다.

말이 호북이지 호남에 거의 인접했다 할 수 있는 이통표국에까지 그리 움직여 왔다.

그런 청룡검대와 의방의 무사들이 단단해져 있지 않다면 그게 더 말이 안 되지 않겠는가?

일일신우일신(日新又日新).

그 말 그대로를 실행하며 움직인 자들이었다. 말 그대로를 증명하며 이곳까지 왔다. 몸에 수련이 붙었다.

"다녀오도록 하지요. 그때까지는……."

"수련하고 있겠습니다!"

아주 완전히!

그 미친 수련의 행렬은 이통표국에 와서까지 이어졌다.

*   *   *

'좋군.'

잘도 수련에 미치게 만드는 환경을 만들어 놓고서는, 운현은 당연하다는 태도였다.

'살아남기 위해서라도 당연하다.'

청룡검대나 의방의 무인들이 수련하는 것을 그대로 두고서는,

"가 볼까."

자신이 가야 할 길을 향할 뿐이었다.

운현의 발걸음이 멈춘 곳. 국주실이다. 오랜만에 보는 국주실은 여전했다. 표국의 규모는 전에 비해 한없이 커졌지만, 이곳만은 예전 그대로였다.

다른 곳만은 다 변하더라도 이곳만은 여전하다. 앞으로도 그러할 것이다.

그의 아비의 성정이 그대로 반영된 곳이었다.

'오랜만이로군.'

덕분에 운현으로서는 익숙함을 느끼면서 안으로 들어설 수 있었다.

"왔느냐?"

언제나와 같은 모습으로 그를 맞이한다. 아버지다. 부정으로 그를 가득 안아주었던 아버지가 그곳에 있었다.

'아아…….'

편안하다. 하염없이 좋기만 했다.

경지에 이르러 여전한 모습의 아버지였다. 어머니가 자신만 늙어간다며 가끔 말도 안 되는 타박을 하기도 하는 아버지였다.

그런 아비는 겉으로는 여전할지라도 그 안으로는 전보다 더 큰 무거움이 느껴졌다.

그 무거움 안에는 오랜만에 봄에도 하염없이 느껴지는 그윽한 부정이 있었다.

'좋군……'

다른 것도 없었다. 왔느냐라는 한 마디뿐이었다. 달라진 것도 없었고. 타박도 없었다. 그저 단순한 한마디였을 따름이다.

그럼에도 마음에서 느껴지는 따뜻함이란.

다른 무엇도 아닌 가족에게서 느껴지는 따뜻함이랄 수밖에 없었다. 다른 이에서부터는 얻을 수 없는 그 무언가였다.

"어서 안으로 들지 않고. 왜 그리 멀거니 서 있느냐. 허허."

"……"

그런 아비를 향해 운현은 조용히 절을 올릴 따름이었다.

"허허……"

*　　*　　*

잠시의 시간이 흐르고 나서야 둘만으로 차 있던 공간은 어느덧 다른 이들로 북적이고 있었다.

"오랜만입니다!"

여전히 밝기만 한 고 표두. 그를 시작으로 다른 표두들이 안을 가득 채우고 있었다.

커가는 표국의 업무를 따라가기 벅차하던 총관 이훈연은 전에 없던 다른 자들과 자리를 차지하고 있었다.

'총관을 몇 더 들인 건가. 보좌군.'

총관이라는 직함에 거창하기는 하지만, 보좌를 들인 것이 분명하다.

사람을 아끼는 성정을 가진 운현의 아버지이니, 본래부터 자기 사람인 총관을 돕기 위해 들인 게다.

그밖에 다른 몇몇의 표두들도 운현이 못 본 자들인 것은 그 사이 표국이 확장되었기에 어쩔 수 없는 일이었다.

오랜만에 오니 달라질 수밖에 없는 게다.

그래도 하나만은 매한가지였다. 모두가 운현만을 바라보며 집중하고 있었다. 아이처럼 초롱초롱한 눈빛을 보내는 심한 경우도 있었다.

선망의 눈빛이다.

이들 모두 운현의 아비를 따르는 자들이며, 표국의 중심들인 터.

조용히 처리해야 할 일이 있음에도 이들을 이 자리에 불렀다는 것은 그만큼 이들이 믿을 만한 자들이라는 반증이기도 했다.

이야기는.

"자자, 모두 들어서 알고는 있을 것이오."

운현의 아버지이자 이통표국의 국주가 입을 열음으로서 시작됐다.

마지막 점검이라 생각하는 듯, 얘기는 한참을 이어졌다.

다듬고 또 다듬으며, 이 자리를 열도록 했던 운현도 열을 올려가며 완전에 완전을 더하기를 한참.

"그럼 계획대로 가는 걸로 알겠습니다."

"아무렴. 문제없이 진행될 게다. 모든 것을 동원해야 하지 않겠느냐."

"예."

"해보자꾸나!"

일이 진행됐다.

*   *   *

오래 끌 것도 없었다.

고작해야 하루가 지나 모든 준비가 끝이 났다. 운현에게는 하루지만, 이곳 표국에 있는 자들은 이미 운현이 오기 전부터 움직이고 있었다.

일정을 조율하고, 일을 받아 놓고, 계획에 맞춰 움직일 방안을 마련하기까지. 많은 것들을 위해 앞서 움직이고 있었다.

그 결과가 하루 만에 움직이기 시작하는 어마어마한 행렬이다.

"먼저 가 보겠습니다."

"그럼……."

백오십씩의 인원들이 한데 모여 움직이기 시작한다.

표국을 위한 행렬이었다.

백이 넘는 수는 표사, 표두, 쟁자수까지 더하면 표행에서 아주 많기만 한 수가 움직인 것은 아니었다.

'적지도 않긴 하지.'

거기다 당장 사파가 준동하기 시작하고 여러모로 중원에 문제가 있는 걸 감안하면 많은 수를 동원하는 건 이상한 일도 아니었다.

"휘유. 끝도 없군요."

"다섯으로 나뉘지 않습니까."

"다섯이라. 많군요. 진심으로."

재밌는 건 그런 표행이 단번에 다섯이 움직인다는 것.

백오십이 다섯이라니. 그 수만 더하더라도 칠백이 넘는다. 간간이 그 수보다 더 많은 자들이 있는 표행도 있었다.

물경 천에 이르는 수가 움직이는 셈.

표사나 표두들의 특성상 그 무력이 아주 강하지만은 않다고 하더라도 분명 적지 않은 수였다.

이통표국의 위세가 가히 얼마만큼 큰지를 보여주는 모습이었다.

그들 중 마지막 행렬에.

"그럼 가볼까요?"

"흐흐. 옛 생각이 나지 않습니까? 그때 그놈들을 생각하면……."

"자주 겪고 싶지는 않은 일이지요."

"에이. 지금 그들이 달려들면 쉽게 이기실 거 아닙니까?"

"이기는 것과 일이 벌어지는 건 또 다른 일이니까요. 자자. 어서 앞서 가시지요. 저랑 있으면 이상합니다?"

"허어 참. 알겠습니다."

표사로 변해 있는 운현이 있었다.

그날 이통표국에서 수없이 많은 행렬이 오고갔다. 대규모 표행 말고도 소규모 표행이 단번에 이뤄졌다.

그럼에도 표국의 안에는 수없이 많은 무사들이 자리하고 있었다.

모두 청룡검대라고 알려진 무인들이었다.

훈련을 하겠다고 온 그들은 호북성에 남아 있는 산적들을 처리하겠다며 따로 움직이기 시작했다.

그들만 하더라도 호북의 모든 왈패들과 산적을 처리하러 움직인답시고, 꽤 여럿으로 찢어졌다.

수십씩, 혹은 백씩이었다.

표행과 검대의 인원들까지 합하면 단번에 움직인 인원들만 천이 넘는 터.

표행을 위해 이리저리 찢어지고 움직이는 자들을 생각하면 그들의 행선지를 단기간에 알아내는 건 꽤 어려운 일이될 수밖에 없었다.

그렇게 이통표국이 움직이기 시작했다.

그들 중 반수 이상은 아래를 향하고 있었다.

*   *   *

시일은 다시 금방 흘러갔다.

근방에서 소문이 난 이통표국이어서 그런지, 덤벼드는 자들도 없었다.

표행 중인 그들이 지금 있는 곳은 사파의 영역인 호남.

그곳을 지나갈 때면 적당한 통행세라도 내랍시고 달려들 법도 한데, 그마저도 없었다.

한적하다 못해서 침묵이 내려앉았다고 할 수 있을 정도였다.

조용히. 하지만 신속하게. 앞뒤로 표사들이 쟁자수를 둘러싸고 움직이는 행렬은 끊임없이 이어졌다.

"지루할 정도군요."

"커흠. 이게 다 근래 표국이 커서 그런 것이 아니겠습니까? 하도 덤벼드는 자들이 없어서 표사들이 할 일이 없을 정도입니다."

"호오?"

"조금 잘라도 되는 거 아닌가 싶을 정도라 이겁니다. 아. 물론 그러진 않을 테지만 말입니다. 흐흐."

그 지루함을 고 표두가 달래주기는 했지만, 딱 그 정도였다.

일이 너무 없으니 다들 한가롭게 갈 길만을 재촉할 뿐이었다.

*　　　*　　　*

시끄러운 쪽은 되레 다른 쪽이었다.

"쳐라!"

"놈들이 도망간다! 어서 올라가!"

호북성. 특히 이통표국이 있는 현 주변이 시끄러워져 있었다.

청룡검대.

훈련을 핑계로 주변의 산적들을 처리하겠다고 한 그들은 실제로 움직였다.

청룡검대 전부는 아니지만 그 수만 하더라도 이백이 넘는 자들이 움직였다. 본대의 삼분지 이 정도 되는 인원이다.

아무리 호북이 정파의 영역이라도, 산적이란 어디에든 있는 법이었다.

당장 녹림의 산적들만 하더라도 곳곳에 흩어져 있지 않은가. 정파고 사파고 가릴 것도 없이!

산이 있으면 산적이 있고, 그 산적들을 전부 처리하기엔 실질적 득도 없는 터.

그렇기에 정파의 영역이라도 언제나 이런 자들은 넘쳤다.

다만 그 수가 사파에 비해서는 조금 더 적을 뿐이었다.

당장 청룡검대 본대가 달려드는 저 녹산채도 그랬다.

한 이 년 전부터 녹산대군이라는 얼토당토않은 별호를 가진 왈패가 떠돌아다니던 낭인들을 모아 만든 산채였다.

중원이 혼란스러워서인지, 그들을 신경 쓰려야 쓸 수가 없는 상황인 터.

마치 녹림을 대표하는 듯한 말도 안 되는 별호를 달고도 잘도 살아남았다. 시간이 흘러갈수록 모여드는 자들도 꽤 됐다.

당장 혼란스러운 것들이 많다 보니 생각 이상으로 사람들이 불어났다.

그렇게 만들어진 게 녹산채였다.

개인 각각의 무력은 낮을지라도 그 수가 물경 천에 가깝다 보니 쉽게 토벌하기도 힘든 세력이 되었다.

이통표국이야 워낙 주변에서 쉽게 건드리기 힘든 곳이 되었지만, 다른 곳은 아닌 터.

많은 소규모의 표국이 이들에게 상납을 하고 지나가야 했을 정도였다.

그곳에 청룡검대의 본대가 들이닥치지 않았는가!

녹림에 들어간 나름 뼈대가 깊은(?) 산채라면 죽기 살기로 달려들겠지만, 녹산대군이란 별호를 스스로 붙인 평찬은 아니었다.

"……쓰벌. 때가 다 되어버렸구나. 어떻게 하냐? 협상은?"

"튀어야죠 형님! 뭐 다른 수가 있겠습니까!"

"먹물! 너도 그리 생각하냐?"

"……달리 없습니다. 수가."

"허 참. 아깝구만. 그래도 어쩔 수가 있냐. 가자."

자신이 이룩했다 할 수 있는 녹산채를 아쉬운 눈으로 보기는 했지만, 그는 포기가 빨랐다.

애당초 거창한 별호와 다르게 무공 경지도 그리 높지 않았다.

먹물이라고 불리는 이수사라는 학사와 어울리다가 만든 게 현재의 녹산채였다.

"상황도 어지럽잖습니까? 이런 때가 난세가 아니면 뭐가 난세겠습니까."

"그래서 어쩌자고?"

"나서야지요! 흐흐. 한탕 해먹으려면 이런 혼란스러운 때가 딱이라고 했습니다."

"허어. 먹물, 네 얘기가 맞다."

"크게 한번 해 봅시다!"

얕기는 하지만 그래도 무공이랍시고 익힌 녹산대군. 성정이 못 돼서 그렇지 글귀 좀 읽어 머리가 잘 돌아가는 먹물은 그렇게 사람을 모았었다.

먹물의 말대로 혼란스럽기에 모여드는 자는 꽤 많았다.

모두 악인은 아니더라도, 검은 것과 있다 보면 흰 것도 검게 물들곤 하는 법이었다.

사람을 불리고, 그 불린 수로 세력을 일구고, 일군 세력으로 재미 좀 봤으나 지금은 그게 영 반대가 됐다.

"저기 두목이다!"

"잡아! 잡으면 영약이다!"

"오오오오!"

운현이 상이라도 내걸었는지, 청룡검대 인원들 모두 눈이 벌게져서는 녹산채의 녹산대군을 향해서 미친 듯이 달려갈 뿐이었다.

잘해야 이류. 그것도 초입에나 머무르는 녹산대군이다.

뛴다고 해봐야 벼룩이었다.

"어, 어이쿠!"

발이 꼬여서 넘어지자마자 그 뒤를 따르던 청룡검대의 무사들이 금방 녹산대군을 따라잡았다.

"사, 살려만 줍쇼! 이게 이러려고 한 것이 아닙니다!"

녹산대군은 포기가 빠른 만큼, 상황을 파악하는 것도 빨랐다.

다만 그가 읽지 못한 점이 있다면, 청룡검대의 무사들 모두가 아량을 베풀 여유가 없었다는 점일까.

"어떻게 합니까?"

"주동자는 죽여야지. 자비를 베풀 자도 아니야."

"예!"

후우우웅—

가차도 없이 청룡 검대 무사의 검이 휘둘러졌다.

푸와아악!

휘둘러진 검. 피할 새도 없이 베어진 모가지. 순식간에 솟구치는 피! 핏줄기!

피가 튐에도 그들은 물러나지 않았다.

"다음으로 또 가야겠지?"

"물론입니다."

금세 산채 하나를 정리하고, 바로 다음을 향해서 움직일 따름이었다.

그렇게 여럿. 표행과 검대의 토벌이 한두 곳도 아닌 곳에서 지속적으로 이어지기 시작했다.

한 번에 한둘이 움직인다고 하기에는, 지극히 많은 움직임이었다.

第六章
중구난방(衆口難防)?

　산적을 여럿 토벌하고, 표행을 여럿 움직이는 것. 그 모든 것들을 살펴보는 자들은 분명 있었다.

　다른 자도 아니고 운현의 움직임이다.

　그런 운현의 움직임을 주시하지 않는 것 자체가 말이 안 되지 않는가? 사파는 물론이고 보이지는 않지만 암화도 운현의 움직임을 주시하고 있을 것은 당연한 이야기였다.

　당장 사파는 그 정도가 제일 심했다.

　운현이 온 곳이 어딘가. 호북이다. 바로 아래로 내려가면 호남이다. 거기다 이통표국이 있는 곳은 안 그래도 호남과 가까웠다.

"과연 전면전을 하겠는가?"

"그렇기야 하지만 움직임이 심상치 않습니다. 다른 무력대들도 움직였다지 않습니까."

"흐음…… 하지만 그들은 방향이 달라."

"그래도 주시할 필요는 있습니다."

"그렇지."

운현이 움직이고 무림맹의 다른 무력대들도 움직이기까지 했다.

운현처럼 호남과 가깝지는 않지만, 모두 사파의 영역을 향해서였다. 촉각이 곤두설 수밖에 없었다.

다가온 것으로 끝은 아니지 않은가.

운현은 분명 여럿을 움직였다.

표국의 인원. 흩어지기 시작한 청룡검대에 토벌까지. 훈련이랍시고 온 것치고는 요란했고 그 범위들도 너무 넓었다.

난리가 났다.

파악을 하자마자 죽자 살자 달려갔다.

"여럿으로 나뉘었다?"

"예!"

"이 시국에…… 산적이라고? 제 살 깎아 먹는 걸 줄도 모르고? 흐음……."

"일단은 그렇다고 합니다."

"잘 살펴봐! 놓치지 말고!"

"예!"

운현의 움직임을 주시하고자 난리가 났다.

일부는 걸리는 것도 감수하고 운현의 뒤를 따라잡겠답시고 정파의 영역인 호북을 오고갔을 정도였다.

하지만 운현의 움직임이 너무도 중구난방이었다.

계속해서 탁운이 있는 사혈맹에 소식이 들어갔다.

"놓쳤습니다!"

"이쪽도입니다! 따라잡으려면 사람을 더 투입해 주셔야 합니다. 몇은 벌써 걸려서 잡혀들어 갔습니다."

놓쳤다. 모두를 놓쳤다.

운현이 여럿으로 사람을 나눠 움직이는 만큼 그들을 따라 움직여야 하는 자들도 다수가 되어야 했다.

한둘도 아니고 너무 많은 방향으로 찢어져 움직였다.

'목적이 있는 건 분명한데.'

목적이 없을 리가 없었다.

시기가 수상하지 않은가. 그런 시기에 운현이 사파의 영역으로 온 건 목적이 없다면 말이 안 됐다.

정파도 바보가 아닌 이상에야 사혈맹의 움직임을 전혀 읽지 못할 수는 없을 터.

요란스럽게 움직였는데 파악하지 않으면 그게 더 이상했

다.

그러니 다른 무력대들이 움직이고 운현은 호북으로 온 것도 이해를 할 수는 있는 바다.

'신경이 쓰였겠지.'

자신의 아버지. 가족. 그들이 이통표국에 있으니 무리를 해서라도 호북에 온 것이라고 생각했다.

운현도 사람이니 대의도 대의지만 가족을 지키고자 이곳에 오는 것까지는 충분히 예상할 수 있는 바라는 말이다.

하지만 그 뒤가 문제.

말이 청룡검대의 훈련이지, 실제로는 가족을 지키겠답시고 온 것이라고 여겼는데 그게 아니었다.

이리저리 찢어지는 건 물론이고 염탐을 하고자 한 사파의 무사들을 보이는 족족 잡아들이고 있었다.

전면전이 일어난다면야 첩자들을 잡는 것을 이해한다지만, 지금은 그런 시기도 아니지 않는가.

다른 무력대는 다른 방향으로 간 지 오래고, 호북에는 오직 운현이 이끄는 청룡검대만 왔다.

무당파도 슬슬 사람들을 끌어 모으고 있다지만, 북에 가까이 치우쳐 있는 무당파는 이곳에 오려면 한참은 걸릴 거다.

그런데도 운현이 그리 움직이고 있으니!

게다가 여럿으로 흩어져 첩자들을 잡아내고 있으니 놓치지 않으면 그게 더 이상했다.

"다른 방향은?"

"그것이…… 일단 호북에 있는 자들은 거의들 잡혔습니다. 증원을 해주시거나 해야 할 거 같습니다."

"그게 그리 쉽게 잡히는가? 말이 되는가?"

"……아무래도 개방에 이어서 하오문도 힘을 실어주는 것이 아닌가 하는 이야기도 있습니다."

"허어…… 그 하오문이? 죽을 자리인 줄도 모르고?"

"……그렇지 않고서야 이렇게 잡히는 것이 이해가 가지 않는 상황입니다."

"흐음."

하오문이 돕는다라? 말도 안 되지만 가능성이 전혀 없는 건 아니었다. 예로부터 운현과 하오문의 인연은 질기디질겼다.

호북에서 일미로 소문난 하연화가 운현의 여인이라는 소문도 은근슬쩍 흘러나오곤 했다.

'그렇다고 해도…… 하오문 아닌가. 그들이 정파에?'

하연화가 운현의 여인이 되는 것과 하오문이 정파에 완전히 기우는 것은 전혀 다른 문제다.

헌데 상황을 보아하니.

'정말 그럴 수도 있겠어.'

사파에서 보내는 세작들이 계속해서 잡혀들어 가고 있다.

개방이 아무리 세작들을 잡아들이려고 눈에 불을 켠다지만, 그들도 한계가 있다.

이렇게 단시간에 잡혀들어 갈 만큼 사파가 키우는 첩자들은 어리숙하지 않았다.

그들이 견제하는 개방. 거기를 넘어서 하오문의 도움이 있다면?

'가능한 이야기다.'

사파에서 호북으로 보낸 첩자들이 잡혀들어 가는 것도 이해가 가는 이야기가 된다.

안 그래도 호북 자체가 정파의 영역이니 잡아들이기도 쉬웠으리라.

암화의 힘을 빌려 사파를 자신의 영역하에 두고 있는 탁운은 멍청하지는 않았다. 명분보다는 오히려 실리를 밝히는 성격이었다.

'어느 쪽이 맞는가. 확실히 하는 것이 맞겠어.'

가는 족족 첩자들이 잡히는 형편이다.

안 그래도 같은 사파의 영역 내에서 반발하는 자들이 아직 많이 남았다.

그런 자들을 통제하려면 적을 파악하는 데 재주가 뛰어난 첩자들을 아끼는 것도 방법이었다.

둘 중 하나라도 얻을 수 있다면, 그것에 주력하는 게 낫다 탁운은 판단했다.

"호북에 있는…… 아니 최소를 제외하고는 전부 첩자들을 빼."

"괜찮겠습니까? 그들의 동향을 파악하기 힘들 겁니다."

"전부가 죽는 것보다는 낫다. 그러니 어서 그리 명을 내리도록 해."

"알겠습니다!"

"대신 빠진 인원들을 이곳 호남에 돌려."

탁운은 당하고만 있지 않았다. 인원들을 놀릴 바에는 확실하게 힘을 실어주는 쪽을 택했다.

호남은 명백히 사파의 영역.

그곳에서라면 개방이 되레 세작을 보내야 하는 형편이다.

그런 곳에 세작들을 집중해서 보내면, 호북은 몰라도 적어도 호남에서는 운현이 만들어낸 움직임을 파악하는 게 쉬워질 거라 여겼다.

'잘하면…… 운현 그놈이 이곳 호남에 들어와 있을 수도 있지. 아니. 꼭 들어와라. 그리만 되면!'

운현이 들어와 있다면 최고의 상황이다.

지금까지 잃은 것들을 만회할 수 있다.

그렇기에 운현이 이곳에 들어와 있기를 바랐다. 세작들이 운현을 찾아내고, 그 운현을 잡아내서 주살하기만 한다면?

'그때는 역전이다.'

호북에서 세작들이 죽은 피해 이상으로 만회를 할 수 있다.

작금 뭉쳐 있는 정파의 핵은 운현이니까.

어쩌면 정말로.

'확실히 정파를 고꾸라트릴 수 있음이지.'

생각보다 손쉽게 정파를 고꾸라트릴 수도 있었다. 지금껏 이리 좋은 수를 왜 생각지 못했나 싶을 정도였다.

"호남에 들어온 표국의 표사들부터 시작해서 하나, 하나를 전부 조사하라 이 말이야!"

"오. 알겠습니다."

"단순하면서도 쉬운 수다. 잘 해내도록!"

이 정도쯤이야 잘해 낼 수 있을 거라 여겼다.

$*$ $*$ $*$

당장 사파에 퍼져 있는 세작들의 움직임이 순식간에 커졌다.

"호남으로 간다!"

"명!"

점 단위로 있던 자들은 물론이고, 여러 가지로 위장을 하여 움직이던 자들 모두 호남을 향해 움직이기 시작했다.

피해가 없었던 건 아니다.

"흘흘…… 어디들 가시나."

정파인들. 특히 개방의 사람들은 기다렸다는 듯, 사파 세작들의 움직임을 읽어냈다.

조용히 숨어 있다면 모를까. 호남을 향하겠답시고 움직이는 상황이다. 그 분주함을 읽어내지 못하면 그게 더 이상했다.

꼬리를 밟혀 잡히는 자들도 상당수가 됐다.

그래도 전부는 아니었다. 그들도 모두 훈련을 받은 자들. 뼈아픈 타격이 있기는 했지만, 호남으로 도착하는 데 성공한 세작들의 수도 꽤 됐다.

"여기서부터 뒤지면 되는 거다."

"서둘러! 안 그래도 늦은 지 오래다. 이번에 제대로 만회를 해보자고!"

호남에 도착한 첩자들은 자신감에 찼다.

정파의 영역도 아니고 사파의 영역이지 않은가. 여기서 운현을 잡지 못하면 그게 더 말이 안 되는 일이라고 여겼다.

세작들에게 명을 내린 탁운처럼.

'이곳에 있어라.'

'있기만 하면…….'

운현이 이곳 호남에 있어 그의 꼬리를 잡을 수 있기를 기원했다.

그들이 추적할 이통표국의 표물들. 그 옆에 있을 표사와 표두들, 쟁자수까지!

그들 모두를 찾아서 복수를 할 생각이었다.

정파의 영역에서 잃은 동료들의 복수들을 할 생각이었다.

다른 곳도 아닌 사파의 영역에서라면 확실히 가능한 일이라 여겼다!

하지만! 복병은 생각지도 못한 곳에서 등장했다.

"잡아들여!"

"어이쿠! 나으리!? 이게 다 무슨 일입니까! 저희가 무슨 잘못을 했다고……."

"시끄럽다! 쳐라!"

"……."

정파의 영역도 아닌 사파의 영역. 그곳에도 운현을 도울 자들이 분명 있었다!

*　　　*　　　*

덕분에 좋은 소식을 기다리고 있었던 탁운으로선 전혀 생각지도 못한 소식을 들을 수밖에 없었다.

"뭐라?"

소식을 들은 탁운의 얼굴이 붉으락푸르락해진다.

그에게 보고를 올린, 사혈맹의 책사랍시고 있는 이도 이는 생각도 못했는지 고개를 푹 낮추고 답을 할 따름이었다.

"놓쳤답니다."

"……그래, 놓쳤다는 것은 이미 들었다. 그런데 그들이 나섰다고?"

"예! 죄송합니다. 여기까지는 저희도 전혀 생각지도 못했습니다."

"하…… 하하하하. 하…….."

너무 기가 차면 화도 나지 않는다고 하던가.

사파의 영역. 그곳에서 운현을 도울 자들이 나올 것이라고 누가 생각을 했을까. 아니 그들이 운현에게 우호적이라고 하더라도 이리도 전면적으로 나설 거라곤 생각도 못 했다.

"관…… 그래. 그들이 나섰다 이거지."

"예. 그럴싸한 트집들을 잡고는 있기는 하지만…… 칼날이 모두 저희를 향하고 있습니다. 덕분에 나서야 할 자들이 나서지를…….."

"하……."

끝까지 들어 볼 것도 없었다. 이들이 저리 나선다는 것만으로도 누구에게 도움이 될지는 뻔하지 않은가.

하필이면 이때라니. 적시이지 않은가.

'호기신의……'

그가 황후를 치료해 내는 데 성공했음은 알고 있으나, 이런 식으로까지 나올 줄이야.

관과 무림. 서로를 소, 닭 보듯 한 지 오래인 사이에 관이 먼저 끼어들 것이라고는 생각지 못했다.

설사 운현을 돕는다 하더라도 약간의 편의를 제공할 뿐이라고 여겼지, 그 이상이 될 거라고는 탁운이라고 해도 생각할 수 없었다.

관과 무림이 서로의 일에 끼어들지 않은 지가 오래이니, 당연한 것이기도 했다.

'이건 선을 넘었다.'

상대가 선을 넘었는데 이쪽이 선을 지키는 것도 우스운 일이지 않은가.

'꼴이 우습게 됐어.'

안일했다.

사파를 통일하고 정파까지 잡아먹겠다고 할 때부터 이 정도는 상정해야 했지 않은가.

암화의 힘을 이용할 때부터, 정파 또한 이리 나올 수 있는 것이 당연한 거였다. 정확히는.

'정파라기보다는…… 그.'

앞뒤가 꽉 막혀서 다른 방식이라고는 쓸 줄도 모르는 정파의 방식이라기보다는 운현. 그의 방식이 분명하다.

'그때 잡았어야 했다.'

오래전. 남궁미와 이곳 사파의 영역을 찾아들었을 때 잡았어야 했다.

남궁가가 사파의 영역에 쳐들어온 것을 핑계로 삼아 힘을 기를 것이 아니라 당장 운현을 쳐죽였어야 했다.

그리했다면.

'훨씬 쉬웠겠지.'

일이 지금보다 쉬웠을 거란 생각이 계속해서 탁운이었다.

뭐 어쨌건 좋다. 이미 일어난 일에 후회를 하는 데 시간을 들일 만큼 한가하지만은 않았다. 그럴 성격도 아닌 탁운이었다.

어떤 일이 일어나든 상황에 맞춰 시원스레 움직이는 게 그의 방식이다.

그러니 이쪽도 선을 넘는다.

"무사들을 준비해."

"예?"

"무사들을 준비하라고. 이쪽도 칠 예정이니까."

"……방비가 힘들어질 수도 있습니다."

"그 또한 감수해 봐야겠지. 우선은 집중이다. 이왕이면 그들의 예상과는 달리 움직이는 게 좋겠지. 후후."

승부를 즐기는 승부사의 기질을 타고난 탁운이다.

관이 나섰다는 것에 당황을 하던 그가 어느새부턴가 재미있다는 듯 미소를 짓고 있었다.

'좋은 한바탕이 되겠어. 아수라장이라. 그 안에서 움직이는 것도 나쁜 일은 아니지. 수라 안에서 꽃이 필 수도 있음이니.'

상대가 준비한 좋은 수에, 자신의 수를 들이밀 때면 짓는 표정이었다.

"바로 준비하겠습니다."

"좋아."

＊　　　＊　　　＊

그 사이 운현은 이미 사람들을 불러 모은 지 오래였다.

"십조 모두 모였습니다."

"좋아."

작금 호북에서 청룡검대 역할을 하고 있는 자들은 모두 예비대였다.

이통표국에 있는 예비대? 표사나 쟁자수였다. 그도 아니면 달리 미리 구해놓은 위장이었다. 숫자를 채우는 것쯤은 일도 아니었다.

다른 무림맹의 무력대라면 이런 식으로 위장하는 게 힘들었을지도 몰랐다.

하지만 청룡검대는 아니었다.

'일장일단이 있는 법이지.'

이제 막 만들어진 청룡검대지 않은가.

그 안에 속한 자들도 운현을 제외하면 그리 알려지지 않은 자들이 다수다.

실력 또한 한 수에서 반수 정도 다른 무력대에 비해서 떨어지기까지 했다.

이 무력은 자신이 만든 영약으로 보충하고, 다른 것을 취했다.

잘 알려지지 않았다는 것!

모두는 아니어도 잘 알려지지 않았기에 위장이 쉬이 되었다.

덕분에 청룡검대보다는 떨어지지만 그래도 예비대라고 하기에 부족함이 없는 자들을 청룡검대로 위장하여 쓸 수 있었다.

녹림채 정도는 아니더라도 아니고 몇 년 사이 만들어진 산적단이나 썩어빠진 낭인들을 상대하는 데는 예비대의 무력으로도 충분했다.

거기다 의방의 무사들까지 몇을 추가로 동원해 놨으니 더 말을 해서 뭣할까?

바깥의 산적들을 처리한 자들은 청룡검대의 예비대. 안에서 청룡검대 예비대인 척하는 자들은 표국의 사람들.

이중 위장이다!

지금 상황에 딱 들어맞는 이중 위장!

거기에서 끝이 아니라 표국 사람들에 검대의 사람들을 섞어 넣었다.

표두들이나 표사 일부는 이통표국의 사람임이 맞지만, 그 외의 모든 이들은 청룡검대나 의방의 무인들이었다.

이것으로 삼중 위장!

또한 이삼중의 위장을 더욱 확실히 하기 위해서 실제로 몇의 표행은 의뢰도 수행을 했다.

중구난방으로 보이지만 안팎으로 몇 개의 교란을 걸어 놨다.

거기에 관과 개방, 하오문의 힘까지 사용을 해 놨으니.

'상대는 장님이나 다름없지.'

상대가 자신들에 대해서 파악을 하고 있을 리가 없다. 말 그대로 장님이다.

상대를 완전하게 장님으로 만들어 놓고 그가 할 일은? 뻔하지 않은가!

"가지."

"옙!"

상대의 영역을 휘저을 차례다.

第七章
지란(芝蘭)

　모두가 적은 아니다. 허나 동시에 대부분이 적이다. 운현은 상황을 정확하게 파악하고 있었다.

　일은 운현이 도착한 곳에서부터 시작했다.

　"여긴가."

　"확실합니다. 전에 임무를 수행해 본지라 새록새록 기억이 납니다."

　"호오? 이런 곳에 왔었나?"

　"나름 비밀 임무였지요. 별건 아니었습니다. 물건 정도를 전달하는 일이었으니 말입니다. 강호에 이름도 많이 알려지지 않았으니 딱 좋았겠지요."

부끄럽다는 듯 말하는 이는 청룡검대 팔조의 조장이었다.

평상시에는 낯을 가리지만 전투만 벌어지면 가장 먼저 날뛰기 시작하는 게 그였다. 전장에서는 사람이 확 달라지는 성격이었다.

그가 이렇게 얼굴을 붉히다니. 대련을 벌일 때 성정을 아는 운현으로서는 낯설기만 한 모습이다.

어쨌건 좋다.

"그래도 좋군. 덕분에 도움이 됐어."

"도움이 됐다니 좋군요!"

"그럼 준비하지."

"……예."

그들이 현재 있는 곳은 사파의 영역. 그것도 최전선 중에 하나다.

운현이라고 해서 경험이 없는 건 아니나 경험해 본 자가 있는 건 도움이 될 수밖에 없었다.

호남. 석문(石門)현 아래에 장자현. 장가계 가까이 험하다 할 수 있는 산지가 가득한, 사파의 영역인 그 한가운데에서.

"가지!"

"예!"

야밤을 가로지르는 청룡검대가 있었다.

　　　　　*　　　*　　　*

　장자현. 우막문(友幕문). 특이한 이름을 가진 이곳 문파
는 본디부터 사파의 문파는 아니었다. 이래 봬도 수백 년의
세월을 지닌 문파가 우막문이었다.

　이들은 검을 그럴싸하게 사용했다. 검법이 주력 무공이었
는데, 그들의 표식으로 소뿔로 만들어진 장식을 검에 가져
다 썼다.

　문파 이름에 우(牛)가 들어가는 것도 아닌데 그랬다.

　일종의 말장난이고, 언어유희로 시작한 장식이었다. 그
장식이 전통이 되었다.

　유쾌하기만 한 이 문파의 처음 시작은 사파가 아니라 정
파였다.

　유쾌함만큼이나 정의감도 깊었고, 꽤 많은 선행을 쌓곤
했다.

　지역의 문파로서 이름을 쌓아 올리고 민심도 얻었었다.
이대로 가면 대파가 되는 것도 어려워 보이지 않을 정도였
다.

　허나 이곳 호남이 완전히 사파의 영역이 되고부터는 자신
들을 정파라 칭하기 어려워졌었다.

　살기 위해서 그들은 변했다.

자신들을 사파라 칭했다. 본래부터 사파인 자들과 완전히 같아지지는 못했으나, 그럭저럭 흉내는 냈다.

물론 선은 넘지 않았다. 고리대금업 같은 것들은 건드리지 않았다.

본래부터 그들이 가지고 있던 전답들을 이용해서 세력을 유지해 갔을 뿐이었다.

굳이 나누자면 정사지간의 중간처럼 움직였달까.

그 점이 마음에 안 들었을까?

같은 사파라 칭하지만, 사파인처럼 행동치 않는 우막문을 많은 문파들은 마음에 안 들어 했다.

까막문이라느니, 우두(牛頭)문이니 말도 안 되는 말을 붙여 조롱하곤 했다.

우막문의 문주 우두상의 무력이 절정을 넘어서고 있으니, 감히 앞에서 조롱하는 자는 없었지만 뒤에서는 근근이 그 놀림이 이어져 왔을 정도다.

괄시와 핍박에도 지역을 중심으로 탄탄하게 형세를 유지해가는 우막문이 더 마음에 안 들었을지도 몰랐다.

그 우막문에 위기가 왔다.

암검대.

현 사파에선 최고라 불리며 무패를 자랑하는 자들이 그들이었다.

사파인들을 학살했으며, 같은 사파인인지도 모를 자들. 그러면서도 어디서 나왔을지 모를 어마어마한 숫자를 자랑한다.

하나의 암검대가 당하면 둘의 암검대가 나서 문파를 절멸시킨다는 소문은 이미 사파 내에 수두룩하게 났을 정도다.

그런 암검대가 우막문을 찾아왔다.

"왜! 우리 우막문은 사혈맹에 들어갈 예정이라 말하지 않았는가. 준비할 시간이 필요하다고 했을 뿐이다."

"……요청을 받아서 말이지."

요청.

흔히 말하는 다른 문파의 사주를 받았을 때 암검대가 하는 말이었다.

"대체 어디가?"

"……."

우막문주로서는 그곳이 어디일지 감도 잡히지 않았다.

우막문의 옆에 있는 전자문인가. 아니. 그들은 혼맥으로 이어진 곳이다. 그럴 리가 없었다.

그렇다면 저 북쪽에 있는 아성문? 그곳이라면 가능성이 있을 테지만. 당장은 이권을 차지하고 뭣하고 하기 이전에 정파부터 신경 쓰지 않겠는가.

'그곳은 아니다.'

논리적이지는 않지만 그곳은 아니라는 생각이 들었다.

그렇다면 다른 곳은 어디인가? 당장 생각이 드는 곳은 없었다. 다만 자신을 피 끓는 눈으로 바라보는 암검대의 조장으로 보이는 자가 거슬릴 뿐이었다.

어딘가 낯이 익은 모습이었다.

"당신. 나를 처음 본 것이 아니지?"

"……."

상대는 말을 하지 않았다. 하지만 눈빛이 더욱 타올랐다. 그 정도면 충분했다. 우막문주라고 해서 바보는 아니었다.

"은원인가……. 허어……."

우막문주는 직감했다.

죄를 짓지 않고 사는 사람은 없다. 삶. 그 자체가 죄악이라고 하는 자들도 있을 정도지 않은가.

특히나 칼밥을 먹고사는 무림인이라면야.

'……대체 어딘가.'

무림행을 벌인답시고 돌아다니면서 은원을 쌓았을 수도 있다.

아니면 그 이전. 자신의 선대에서 쌓은 은원일 수도 있었다. 가능성은 많았다. 어느 쪽이든 간에.

"피할 수 없는 거로군."

"……물론이오."

"허허. 그래. 언제 찾아올 겐가?"

"이틀 뒤."

"시간을 준 건가. 그런 경우는 또 처음 듣는군."

"말이 길어야 좋을 건 없지 않겠소? 이쪽은 당장 시작할 수도 있음이오."

"그래. 그런가…… 그 이틀. 잘 사용하지."

그게 이틀 전의 일이었다.

우막문주는 그 뒤로 끊임없이 움직였다. 감히 눈을 붙일 시간도 없었다. 잠시의 시간도 아끼지 않았다.

"피붙이는 살리지도 않는다 들었다. 그래도 다른 녀석들은 가능성이 있지 않겠는가?"

"문주!"

"가서 살아 보게. 살 수 있으면 살아봐. 이번은 암검대라고 하더라도 무언가 달랐으니…… 기회가 있을 수도 있네."

"……차라리 같이 죽을랍니다!"

"허허. 아니, 아니야. 살 가능성이 있으면 그걸 도모하는 것이 우막문도의 도리일지니. 가게."

문주는 대항을 생각지 않았다.

대신 준비를 했다. 죽을 준비를 했다. 동시에 자신과 인연이 닿은 자들을 살리려 했다. 어떻게든 살릴 방안을 마련키 위해 애썼다.

그렇기에 이틀이란 시간이 짧았다.

"같이 갑시다."

"……헛된 죽음일 것을."

"이거면 되었소. 헛된 죽음은 무슨."

남는 자들이 다수였다. 그들은 자신들의 목숨을 우막문에 같이 담아두기를 택했다.

그 수가 적지는 않았다.

'이번만은 다르다 했거늘…….'

생존자도 없이 모두를 죽이는 것이 암검대. 그렇다 해도 이번만은 무언가 다름을 직감했거늘. 아쉽게도 믿어주는 자들은 없었다.

모두가 우막문주와 같이 가겠다 말한다.

그리고 어느 순간.

"왔다."

암검대가 모습을 드러냈다.

그 수만 하더라도 오십. 그 뒤를 연이어서 오는 자들은.

"사혈맹이군……."

사혈맹의 새로운 무력대라고 만들어진 자들이었다.

혈채를 받자고 만든 곳 중 하나. 혈화대라던가. 맹주임을 자처하는 탁운 그다운 그럴싸한 이름을 가진 곳이었다.

"암검대와 혈화대라. 마지막 가는 길로 나쁘지는 않겠

군."

기다렸다는 듯 외침이 들려온다.

"쳐라!"

피를 끓는 암검대의 외침이었다.

＊　　＊　　＊

벌써 반 시진이다.

사람 목을 하나 따는 데 얼마의 시간이 필요할까? 촌각이
면 된다. 고작해야 촌각이면 몸통과 따로 분리를 할 수 있
다.

잘 숙련된 검수일수록 그 시간은 짧아진다. 촌각이란 시
간 만에 두셋의 목숨을 앗아가기도 하는 게 잘 단련된 무사
다.

그런 무사들끼리의 다툼이다.

반 시진이라는 시간이 짧겠는가.

기교를 나누고, 합을 나누는 데 시간이 걸리는 자들은 소
수.

그 소수보다 많은 자들이 대전을 벌인 지 얼마 되지 않아
서 쓰러져 갔다.

'저들만 아니었더라도!'

암검대.

그들만 아니더라도 혈화대를 상대로 이리 허무하게 쓰러지지는 않았을 거다.

문주와 장로들이 조장급을 애써 잡아 놓고는 있지만 그뿐이다. 바깥에서 온 자들이 도와주고는 있지만 그게 한계.

혈화대를 어찌 상대하는 것만으로도 기적이다.

"크아아아악!"

상대하지 못하는 자는 베일 수밖에 없었다. 그대로 스러진다.

목숨이 완전히!

절망만이 가득 찬 듯한 상황. 희망이라고는 아주 작은 티끌조차도 보이지 않는 그 상황에.

"뒤! 뒤에!"

희망이 생겼다.

*   *   *

'막장이로군.'

죽이고 죽임. 검이 상대의 몸을 가른다.

피부. 혈관. 근육. 뼈. 몸의 주인을 보호키 위해 만들어진 그 단단한 뼈마저도 단련된 검 앞에서는 무용지물!

본래는 벨 수 없을 것까지 베어버린다.

힘만으로 베는 것이 아니다.

기교가 배 있다. 기교 어린 검에 내공이 스며 있음은 당연한 이야기다.

'일류⋯⋯.'

최소가 일류인 자들이다.

사파의 특성상 절정 이하까지는 성장이 빠르다지만, 그 숫자가 제법 많지 않은가.

운현이 데려온 검대와 무인들의 수가 육백.

부딪치고 있는 저들의 수도 사백이다.

반수가 넘게 무너진 것을 감안하면 생각보다 많은 자들이 부딪쳤다.

한 지역의 패자가 정해지는 전투라고 할 수 있으니 그리 많은 수만은 아니었다.

잡스러운 전투가 없으니 되레 깔끔하다고 할 수 있을 정도랄까. 하지만 그 가운데 있는 이들은.

"흐어어어억."

얕은 숨을 내쉬는 것만으로도 힘이 쫙 빠질 지경이었다.

그 가운데에.

"쳐라! 진을 형성해!"

"알겠수다!"

"의방 무사들은 이쪽으로!"

운현을 포함한 무사들 전체가 뛰어들었다. 갑작스러운 돌입이었다. 이파전이 순식간에 삼파전으로 바뀐다.

운현과 무사들은 오기 전부터 자신이 해야 할 일을 확실히 알았다.

"저기부터 받쳐."

"우리는 이쪽부터다. 여기가 더 위험해."

우막문의 문도 중 위험에 빠진 자들은 이미 봐뒀다. 구할 수 있을 자, 구하지 못할 자 또한 구분해 뒀다.

그들의 사이에 끼어든다.

양떼 사이에 뛰어들은 사자처럼.

주저함도 없이, 자신감에 가득 차서 뛰어드는 청룡검대의 무사들!

쓰아아아악!

기교도 다르며, 검법도 다르나 그들이 가진 자신감만은 같았다.

그 자신감은 빈 자신감이 아니었다.

빈 수레보다도 더 요란하게 등장했지만, 그들 모두는 자신감에 걸맞은 실력을 가지고 있었다.

끝없는 수련. 몰입. 몰아.

운현에게 닿고자 하는 마음. 그 모든 것들이 그들이 이곳에 서 있음에 부족함이 없게 만들었다. 강자가 되게 했다.

적어도 여기 이 순간만큼은!

후우우웅!

자신감만큼이나 큰 기파가 퍼져나간다. 알려진 무력보다
도 더욱 큰 기운이었다.

'효과 좋고.'

모두 운현의 덕이다. 이곳에 오기까지도 끊임없이 검대에
주어진 영약은 이들을 기운만은 어디 가서 부족함이 없게
만들었다.

그 기운으로.

"허엇!"

스아아악—

상대를 몰아붙인다. 검을 휘두른다.

혈화대의 무사 하나가 놀란 눈을 한다. 이제 막 우막문의
문도 하나를 벤 무사였다.

공을 세우나 했더니, 그 중요한 순간에 치고 들어온 자가
있을 줄이야.

얼핏 느껴지는 상대의 내력은.

'젠장!'

자신이 정상이라고 하더라도 쉽게 상대할 수 있을까 싶을
만큼 강한 내력을 가지고 있었다.

내력이 전부는 아니라지만 이런 상황엔 전부나 마찬가지다.

"크으으읏."

혈화대 무사는 손해를 볼 수밖에 없었다.

제대로 방비도 하지 않은 상태에서, 자신보다도 강한 무력을 가진 자의 검을 억지로 막아내야 했다.

손해가 생기지 않으면 그게 더 이상했다.

크가가가각.

손이 뒤로 밀린다. 손이 밀리는 만큼 검이 밀린다. 밀리는 검에서 불똥이 튄다. 명검은 아니나 자신의 애검에 튀는 불똥만큼 검이 상한다.

'대체! 어떻게!'

언제 이리도 모였던 걸까.

게다가 이 이름 모를 무사는 대체 뭔가. 너무 강하지 않은가.

카각!

검이 부딪칠 때마다 혼이 튄다. 검에 실린 기가 날아간다. 일방적이게 된다.

"큿……."

금방 전까지만 하더라도 우막문의 문도가 쓰러져야 할 자리에 자신의 무릎이 구부러진다.

"끝이다!"

"개소리를!"

말도 안 되는 소리라 외치고 싶다.

자신이 어떻게 이 자리까지 왔단 말인가. 수없이 많은 혈화대 무사 자리 중 하나지만, 자신에게는 천금 같은 기회가 있는 곳이었다.

여기서 더 올라서려 했지, 이곳에서 떨어지려고 애써 온 자리가 아니었다!

죽도록 노력하고 온 자리다.

허나 상대의 검은 그 노력의 가치를 알지 못했다.

푸우우욱—

아니. 상대의 노력이 더욱 컸다.

"크아아아아악!"

상대의 검이 그대로 가슴을 베고 들어온다. 그대로 뚫고 들어오는 검은 왼 가슴을 향해 있었다. 심장이 있을 곳이다.

푸욱.

그대로 꽂혀든다.

피할 수 없는 검이었다. 단 한 수. 심장이 꿰뚫리고서야 화경의 고수라고 하더라도 당해낼 수 있을 리가 없다.

'……당했다.'

쿠웅.

그게 혈화대 무사가 쓰러지며 한 마지막 생각이었다.

유언도 없이 하나가 스러졌다.

"여기도 막아!"

곳곳에서 혈화대 무사들이 쓰러지기 시작한다.

＊　　　＊　　　＊

암검대 무사라고 예외는 아니었다.

그들은 분명 강했으나.

"진을 형성하라. 여기도 밀린다!"

"바로 갑니다!"

이쪽이라 해서 부족하지 않았다. 아니 무력이 부족해도 상관없었다. 하나가 안 되면 둘이 나섰다. 둘이 안 되면 셋이 나섰다.

하나가 둘이 된다 해서 단순히 힘이 두 배가 되는 게 아니었다.

진을 짜고, 함께 움직이기를 벌써 몇 달이다.

의방의 무사들은 벌써 몇 년을 함께 움직였다. 호흡을 맞추고, 발을 맞췄으며, 진형을 짜 왔다.

그 성과가 지금 빛을 발했다.

"공세로! 밀어붙여!"

"공세랍신다!"

형성된 진을 이용해서 발을 맞춘다.

쿵. 쿠웅.

각자가 다르지만, 각자가 서로 같은 호흡으로 움직인다.

카가가가각.

검 하나로 안 되면. 검 둘로.

몸이 여럿이나 한 몸으로 만들어진 것처럼.

끊임없이 진을 이용해서 공세를 이룬다.

'밀린다…….'

천하의 암검대 무사라고 하더라도 감히 버티기가 힘들 정도였다.

공세로만 발을 맞추던 암검대도 물러날 수밖에 없었다.

여기서 우막문에 운현이 데려온 자들까지 상대하는 건 무리란 판단이 그들에게 섰다. 좋은 판단이었다.

순식간에 수세로 전환했다.

"이쪽도 진을 맞춰!"

"이미 하고 있습니다!"

그들도 사파의 영역을 땅따먹기로 따먹은 건 아닌 듯 금세 형세를 바꾸는 데 성공했다.

하지만 딱 거기까지.

"모여들었다. 더 밀어 붙여!"

"크읏……."

이쪽도 모여들었으니 힘을 더 내야 할 판인데, 그게 도무지 되지를 않는다.

진을 짜고 버티는데도.

'힘의 총합이 다르다. 수준이 달라.'

밀어붙이는 쪽은 암검대가 아니라 운현이 데려온 무인들이었다. 특히 의방 무사들의 활약이 빛이 났다.

대부분 낭인 출신을 데려왔음에도 이들은 명문 대파의 무인들 못지않은 힘을 보여주고 있었다.

그리고 그들 중에서도 가장 활약을 하는 이는.

'저긴가.'

분명 따로 있었다. 운현이다.

가만있어도 눈에 띄는 자들. 경지가 다른 이들과 다른 자들. 적어도 조장급. 혈화대라고 하면 대주급의 인물들을 운현은 찾았다.

'저기 있다.'

우막문을 한 번에 처리하기 위해선가. 저들은 한곳에 모여 있었다. 그곳에 운현이 달려나간다.

쌩하니 달려 나가는 몸은 너무도 빨라 튀어나가는 듯했다.

차아앙—

운현이 다가간다. 놀란 눈을 한다. 운현은 눈을 바라보고 있지 않았다. 대신 검을 바라봤다. 상대의 검이다.

'헛점.'

정확히 찔러들어 간다.

상대도 용케 맞받아쳤다. 암검대의 이름이 허명은 아닌 듯했다. 하지만 운현은 이미 다음 수를 준비하고 있었다.

카가가가각.

부딪치는 검 자체를 노렸다. 검끼리 부딪쳤다. 이 또한 노린 바다. 쨍한 쇳소리가 난다.

당황하는 암검대의 조장의 눈만큼이나 검도 당황을 하는가 보다.

검이 갈려버린다. 아니 아예 잘려 버린다.

운현이 베어버린 그대로!

조금씩. 아주 조금씩 베어져 버린 검은 결국 제 기능을 못하게 된다.

카각.

단말마와 같은 마지막을 남기고서 검이 완전히 쪼개진다.

쪼개진 그 뒤? 검을 손에 쥐고 있던 자가 있을 뿐이다. 검의 주인! 암검대의 조장!

그는 이미 검을 잃은 지 오래였다. 반 토막 남은 검을.

"육시랄!"

가진 무공 경지보다 더 진한 욕을 날리며 휘둘러본다. 닿지 않는다. 짧은 검으로 운현을 베기에는 턱도 없었다.

대신 이쪽은 충분했다.

운현의 검은 적을 베기에 충분히 길었다.

우우웅—

거기에 이미 기운까지 실렸는데 부족하다면 그게 더 이상치 않겠는가.

콰즈즉.

'베었다.'

느낌이 확실했다. 제대로 벴다. 살갗을 가르고, 뿜어내는 핏줄기를 지나서, 도달한 곳은 상대의 심장.

"……어, 어째서!"

저자는 뭐가 그리도 억울한 것일까. 하기야 사연 없는 자는 없다.

'누구나 가지고 있지.'

이쪽이나 저쪽이나 지켜야 할 것이 있다. 해야 할 일이 있다. 서로 가야 할 방향이 달랐을 뿐이다.

닿을 수 없는 평행선을 그리며 서로 검을 휘둘렀을 뿐이지 않은가.

상대의 검은 닿지 못했고, 자신의 검은 닿았을 뿐이다. 그뿐.

카드득.

심장 끝까지 박혀들어 갔던 검을 운현은 무정한 눈으로
뽑아들었다.

'다음.'

그의 눈은 여전히 먹잇감을 찾아 움직이고 있었다.

第八章
미(尾). 미. 미!

'찾았다.'

상대는 많았다. 어차피 상대가 있는 쪽으로 바삐 달려온 그였지 않은가.

우막문 문주에게는 저들이 일생일대의 적으로 보였겠지만, 운현의 입장에서야 베어 넘겨야 할 자들일 뿐. 가치는 없다.

콰앙.

진각을 밟으며 다시금 쏘아져 나간다.

'왼쪽?'

아니 오른쪽이 좋겠다. 판단은 순식간이다.

순식간에 끝난 판단을 따라 검이 휘둘러진다.

"어딜!"

이미 기다리고 있었던 건가? 상대의 검이 순식간에 변화한다. 자신의 앞에 있는 상대가 아니라 이제 막 다가온 운현을 향해서 검을 휘두른다.

후우웅—

매서운 휘두름이었다. 나쁘지는 않다. 다만.

"이쪽도 있다!"

콰즈즈즉—

상대는 운현만이 아니라 그 옆도 신경을 써야 했다.

이름 모를 암검대 조장이 운현에게 검을 향하는 순간, 그를 상대하고 있던 자는 조장의 틈을 찾아냈다.

바보가 아닌 이상에야 만들어진 틈을 찌르고 들어가지 못하는 게 더 이상하지 않은가.

명분을 중시하는 정파 무사도 아닌 바에야 틈을 보면 찌르고 들어가는 게 사파인다운 모습이다.

적어도 눈앞에 있는 이자는 사파인나웠다.

암검대 조장의 가슴을 제대로 베었다는 소리다.

"크으…… 잡놈이! 감히!"

"헹! 잡놈한테 당하는 네놈은 개잡놈이더냐?"

"……이노오오옴!"

과연 사파인답다. 입심에서도 결코 밀리지 않았다.

운현은 그 모습을 보며 미소 지었다.

'역시 생각대로다.'

자신은 검 하나 휘두르지 않았다. 다만 왼쪽에 있는 자에게 슬쩍 기파를 쏘아 보냈을 뿐이다.

선천진기의 기운을 살기로 바꾸고 강하게 던져줬을 뿐이다.

상대는 그 기운을 읽어 운현이 자신을 노린다고 생각했을 터다. 그렇기에 앞에 있는 무사는 내팽개쳐 두고 운현을 찌르고 들어갈 생각을 했겠지!

"……죽엇!"

눈앞에 있는 상대를 우습게 본 것. 운현이라고 하더라도 속임수를 쓸 줄은 몰랐다는 것. 그게 패착이다.

하나도 아닌 둘의 패착을 했으니 죽기에는 충분한 이유다.

'바로 다음.'

운현은 그 틈을 즐길 새가 없었다.

왼쪽은 속임수로 쉽게 쓰러트렸으니, 남은 쪽은 오른쪽이 되지 않은가. 그걸 처리해야 했다.

'시간은 아끼는 게 좋겠지.'

시간 대신 다른 걸 남김없이 쓰면 됐다. 남아도는 게 기운이다.

그아아앙—

기운을 잔뜩 쏟아 붓는다. 기운을 받은 검이 즐겁다는 듯 울부짖는다. 전장을 위해서 태어난 것이 검이니 이만큼 즐거운 상황은 또 없을지도 몰랐다.

'갈라라.'

그대로 휘두른다. 위에서 아래로. 작은 휘두름일지언정 결과는 컸다.

"마, 막……."

콰즈즈즈즉!

"크아아악!"

이제는 듣는 것조차 지겨워질 법한 비명과 함께 그대로 갈린다.

가르고도 힘이 남았다.

위에서 아래로 향하던 검은 어느새 쏘아진 운현과 함께 같이 쏘아져 나간다. 목표는 바로 앞.

우막문 문주의 멱을 따려고 하던 암검대 조장을 향해서였다.

휘둘러진다. 그때.

"막앗!"

누군가 달려든다. 조장 중 하나였다.

'이렇게 해서까지?'

살신성인인가? 이렇게 해서까지. 자신의 목숨을 버려서까지 우막문주를 죽이고 싶은 것인가?

운현의 검을 이번 한 번만 막아 낸다면 우막문주의 몃을 딸 수 있을 거라 여기는가.

'대체 왜?'

이유가 뭐기에? 하기는 알 필요가 있는가. 여기서 중요한 건 이 다음이지 않은가. 의문은 잠시 담아둬도 되었다.

"크흐으……."

신음을 삼키면서도 운현의 검을 막았음에 웃음 짓는 저 얼굴부터 뭉개줘야 했다.

스아아악!

"이, 이기어검……."

운현의 검이 홀로 난다. 살아 있는 생명처럼.

화경에 들어선 운현. 기운을 조절하는 것만큼은 타고난 운현의 이기어검이다.

물 흐르듯 매끄럽게 움직인다.

운현의 손에 쥐어졌을 때보다도 더 자연스럽다는 듯이, 표홀하게 움직이기 시작하는 검은!

"크악."

살신성인의 자세로 운현의 검을 막으려 들던 이름 모를

암검대 조장을 압박하기 시작했다.

콰아아앙! 콰앙! 쾅!

앞서 쓰러져간 다른 조장보다는 실력이 나은지 몇 번이고 버틴다. 운현이 검을 직접 쥐고 휘두르지 않아 그럴지도 몰랐다.

허나 상관없었다. 검을 쥐고 휘둘렀어야 할 운현은.

"안 돼에에에에!"

상대의 외침에 상관없이 이미 앞을 향하고 있었다.

아직도 기운에 여유가 남은 건지 운현의 손에는 어느새 검강만큼 두터운 권강이 만들어져 있었다.

무려 권강이다!

그것 하나면 충분했다.

콰아아앙!

우막문주의 목을 겨누던 조장을 막는 데는 이것만으로도 충분했다 이 말이다.

"흐……."

이미 예상했다는 듯 막아서는 조장이었지만, 그의 눈에는 패색이 짙어 보였다.

또한 우막문주를 눕히지 못했다는 것에 대한 아쉬움도 짙어 보였다.

"대체 왜! 할 일을 함에도!"

그가 분노에 차 소리친다. 자신의 모든 걸 건 일생일대의 일을 방해 받았다는 듯이!

피 끓어 오르는 외침이다. 잠시지만 운현이라도 멈칫할 만큼.

하지만 딱 그 정도.

'……사연 없는 자들은 없어.'

이쪽이나 저쪽이나 다 목숨을 걸고 달려드는 쪽이다. 아까 전에 생각지 않았는가. 남의 사정을 봐줄 여유 따위는 없다고.

멈칫하던 운현의 주먹이 다시금 움직인다.

우우웅—

전보다 더 멋들어진 기운을 머금고서 유려한 선을 그린다.

"이 정도로 노력을 했는데! 여기까지 내 어찌 왔는데!"

"……은원이라면 지긋지긋하다고."

"닥쳐! 모든 걸 걸었다고!"

문답무용(問答無用).

망설임 한 번 없이 권이 작렬하기 시작한다. 심장? 아니 복부를 향해서였다. 그것만으로도 충분했다.

카즈즈즉.

상대가 검으로 막는다. 핏발 선 눈으로 운현을 노려본다. 원수라도 되는 듯이.

운현도 그 눈을 피하지 않았다.

피하는 대신에 더욱 기운을 일으켰다.

'불어 넣는다.'

우웅―

권에 의지를 담았다.

카가가각―

막았던 검. 그 검에 맺혀 있는 검강을 으깨기 시작한다.

얼핏 흉내 낸 깊이 없는 검강 따위. 운현의 상대라 하기에는 그동안 수라장을 헤쳐나간 운현의 깊이가 더욱 깊었다.

콰앙!

그대로 검강이 으깨진다.

"크윽……."

깨어진 검강. 기운이 깨어진 것이나 다름없다. 여파가 없을 리가 없다. 상대의 입술 사이로 진한 핏물이 흘러내린다.

내상을 입었음이 분명하다. 내장 조각이 섞인 걸로 보아 아주 깊은 내상일 터다.

허나 그 내상을 새삼 걱정할 필요는 없었다.

콰즉!

그대로 운현의 권이 작렬했으니까.

"……이, 이 원한은…… 내 죽어서도……."

"잊지 않겠지."

핏물을 잔뜩 흘린다. 안 그래도 내상으로 조각난 장기들이 완전히 산산조각 났으리라.

무인이기 이전에 의원이기에 상대의 상태가 어떨지는 운현이 누구보다 잘 알았다.

'서글픈 일이지.'

사람 죽이기를 즐기지 않는 그다. 미치지 않았다. 그렇기에 느껴지는 상대의 상태, 처참함은 그리 기분 좋은 울림은 아니었다.

그럼에도 운현은 지지 않았다.

상대의 눈을 피하지 않는 게 그로선 최대의 예의다.

상대가 원통하다는 듯 외친다.

"망할…… 한 발만 더 닿으면 되었는데……."

"네놈들은 또 다르구나."

이들은 호북에 있던 대의를 추구하던 자들과도, 북경에 있던 권력을 탐하던 암화의 인물들과도 또 달랐다.

'과연 어떻게…….'

암화의 수장이란 자. 그가 대체 어떻게 사람들을 모았을지 모를 지경이었다.

각 성마다. 충돌하는 자들마다 추구하는 바가 달랐다.

그럼에도 목숨을 걸고 암화를 위해서 움직인다. 암화라는 곳. 꽤 신기한 조직이지 않은가.

"……."

대답은 더 없었다.

암화대 조장은 눈을 부릅뜬 채로 원통하다는 듯 운현을 바라보며 그대로 즉사했을 따름이다. 더 이상 숨을 쉬지 않았다.

회생의 가능성은 없었다. 완벽한 죽음이다.

'기대도 안 했다.'

하기야 저들로부터 무언가를 듣자고 온 것은 아니었다.

지긋지긋한 탐색전은 이미 숱하게 겪지 않았는가.

어떤 이유에서든, 상대가 어떤 사연이 있든 간에 암화나 운현이나 서로 분쇄해야 할 적이었다.

투욱.

선 그대로 죽어버린 자를 눕혀줄 촌각의 시간. 그 정도가 상대에게 할 수 있는 운현의 최대의 배려였다.

'다음…….'

운현의 눈은 바로 다음을 찾아 움직이고 있었다.

* * *

"고, 고맙소……이다. 신의…… 아니 청룡대주."

어색한 눈빛으로 운현을 바라보는 자는 우막문주였다.

상황을 수습하곤 오자마자 달려왔는지, 온몸에는 땀이 그득했다. 그의 것과 남의 것이 섞인 피를 옷에 잔뜩 묻힌 채였다.

혼란스러워 보이는 눈빛이었다.

하기야 그럴 만도 했다.

같은 사파인의 검에 스러질 뻔했는데, 구한 쪽은 사파도 아닌 정파다. 그렇다고 미리 알리고 온 것도 아니다. 갑작스러운 방문이었다.

거절이고 뭐고 할 새도 없었다. 자존심을 세우고 말 것도 없이 도와줬다.

감사한 것은 분명하나 그의 입장에서 당황스러울 수밖에 없으리라.

사파인이되, 호탕하다고 알려진 우막문주였다. 그의 혼란스러움은 여전했다.

"……우리에게 원하는 것이 무엇이오? 은원을 확실히 해야 함은 분명하나…… 그렇다고 우리가 당장 사파에서…… 허허. 이 무슨 말을 해야 할지."

뒷말은 말하지 않아도 훤했다.

사파인으로서 정파를 돕기도 쉽지 않다는 것. 그럼에도

은원이 걸린다는 것이겠지.

어느 한 쪽도 선택하지 못하고 있는 우막문주의 입장이 훤히 보이는 말이었다.

당장의 은원을 생각하면 발 벗고 나서 운현을 도와야 함이 맞으나, 그 뒤를 생각하면 그게 쉽지 않은 것도 사실.

세상은 선과 악. 적과 아군. 이 둘이 그리 쉽게만은 나뉘지 않으니 그의 고민도 당연하다.

"휴우⋯⋯."

하지만 우막문주는 생각 외로 깔끔했다.

무언가 결심을 내렸다는 듯, 단도직입적으로 물어 왔다.

"⋯⋯따져서 뭣하겠소. 원하는 것이 무엇이오?"

"둘 중 하나입니다."

"허허. 선택권이 있긴 하구려?"

"있지요. 하나는 봉문."

"⋯⋯허허. 이 상황에 봉문이라. 고르기 힘든 선택이구려."

그의 표정이 굳어진다. 그럼에도 물러나지는 않았다.

"그럼 다른 하나는 무엇이오?"

"드러나지 않은 적을 전멸시킬 때까지의 협력."

"⋯⋯무슨 소리오?"

"세상엔 여러 숨은 자들이 있지요. 그들 중⋯⋯."

운현의 입이 열린다.

그의 입에서 다른 이에게, 그것도 사파의 인물에게 암화에 대한 이야기가 울려 퍼져 간다.

'이제는 때가 됐지. 모든 건 계획대로⋯⋯.'

숨어 있는 그들을 강제로 끌어내기 위함인 듯, 또렷하게 울려퍼지는 운현의 이야기에는 거침이 없었다.

*　　　*　　　*

이야기는 한참이 걸렸다. 허나 지금까지 해 온 일들에 비하면 그리 길지만은 않은 시간이기도 했다.

다만 운현이 이런 이야기를 꺼내는 것이 의외일 뿐이다.

분명 은밀히 처리하기로 하지 않았던가?

세상에 알려지면 어찌 움직일지 예상도 가지 않는 암화이니까!

지금까지 숨겨온 쪽은 운현이었다.

그럼에도 운현이 먼저 꺼내들었다. 우막문주에게 말함에 거침이 없었다.

갑작스러운 변화였다. 그리고 이러한 변화는.

"⋯⋯허허. 정말 그런 곳이 있단 말이오?"

처음에는 우막문주에게 혼란을 주었다. 약간의 의심도 심어 주었다. 하지만 상황이 그러하질 않은가.

운현의 말은 십 중 십 할의 진실.

"이름을 걸고 보증하지요. 비록 허명이라지만 말입니다."

"암화라······."

또한 지금의 상황을 보라.

"사혈맹의 힘이 어디서 나왔다고 봅니까? 정말 탁운 그자 만의 힘으로 가능하다고 봅니까?"

"······."

"그게 가능하지 않다는 건, 문주님도 아시지 않습니까? 세력을 키우는 건 쉬운 일이 아니라는 것."

"허허······."

우막문주가 운현의 뒤로 기립해 있는 자들을 바라본다. 청룡검대와 의명 의방의 무인들이었다.

"저런 자들을 잘도 키워내고도 그런 소리를 하는구려? 탁 운도 그리 힘을 기를 수도 있음이지 않소?"

하기는 문주의 말도 맞았다.

자신은 잘도 저런 세력을 순식간에 일궜다. 운현의 나이 는 아직 무림의 나이로 보자면 어린 나이였다. 후기지수라고 우겨도 될 나이였다.

그럼에도 저런 세력을 일궜다.

'차후 무림은······.'

의방의 세력으로도 모자라 무림맹의 무인들까지 자신의 세력하에 뒀다.

홀로 강하면 애써 무시라도 할 게다. 하지만 홀로 강해지는 것으로도 모자라 자신과 함께 하는 자들도 강하게 만들어 버리는 것이 운현이다.

'괴물이다.'

이런 자가 괴물이 아니라면 누가 괴물이겠는가.

자신을 구하는 것에만 정신이 팔려 생각을 못 했지만, 눈앞에 있는 운현이란 자는 무림사에 있어서는 전설이 될 자다.

아니 어쩌면 이미 전설일지도 몰랐다.

그런 자가.

"……하기는 괴물이 천하에 둘 있는 것도 우스운 이야기일 수 있겠소. 허허. 참."

세상에 둘일까?

과연 사혈문을 세우고 그를 키워 사혈맹을 만들겠다고 하는 현 사혈맹주 탁운도 운현 저자와 같은 괴물일까?

'그럴 리가 없다.'

깊은 인연은 아니지만 이미 여러 번 탁운을 보았던 우막 문주다.

같은 사파인이다 보니 볼 기회가 여럿 있었다. 그때 보았던 탁운은 운현만 한 자가 아니었다.

괄목상대(刮目相對)할 수도 있는 법이지만, 적어도 그가 본 탁운은 아니었다.

야망은 그득했어도, 운현같은 괴물은 아니었다. 개인적인 경지만 놓고 보더라도 과연 운현보다 탁운이 강할까 싶을 정도다.

방금 전까지만 해도 암검대와 혈화대를 갈아버리다시피 했던 운현의 무력은 상상 이상이다.

거기에 저 무사들까지 하면.

'말도 안 되는군.'

저런 괴물이 많은 것도 이상한 이야기다. 아니 이상한 정도가 아니라 불가능한 이야기다. 그럼 뒷이야기는 뻔하지 않은가?

"……휴우. 자네의 말이 사실이라면 내 목숨을 걸어서라도 달려가겠네. 그 암화란 자들이 드러난다면. 그게 아니라 하더라도 우리 우막문이 그대의 뒤를 치는 일은 없을 걸세."

"후후. 그거면 충분합니다."

믿음이 가든 안 가든 우막문주의 선택은 이미 정해져 있었다.

은원을 저버릴 수도 없지 않은가.

그렇다고 사파인이 아니라 숨어 있는 자들. 암화라는 자들을 칠 때 검 한 번 휘두르라 하면 못 할 것도 없었다.

합류까지는 아니더라도 협력 정도야 충분히 할 수 있는
바였다.

결정은 금방이었다.

또한 그 결정을 내리게 한 운현은.

"바로 움직이는 겐가?"

"꽤나 상황이 공교로워서 말이지요. 그럼!"

다음을 향했다.

* * *

길수(吉首)에서부터 이어서 상덕(常德)현에 이르기까지.

그 사이 여럿 있는 현들을 돌아다니며 운현은 바삐 움직
였다. 일이 급할 때는.

"먼저 갑니다!"

검대를 쪼개서 움직였다.

"금방 따라 가겠습니다!"

남은 자들은 같이 하지 못함에 아쉬워하나 어쩔 수 없었
다.

당장은 모두를 이끌고 움직이는 것보다, 한시라도 빠르게
움직이는 게 중요했다.

우막문주와 같은 상황에 있는 자들. 이미 한 곳의 문파를 멸문시키고 움직이고 있는 암화대와 사혈맹의 무력대들.

흩어져 있는 모두가 운현의 표적이 됐다.

우막문과 일전을 벌일 때보다는 적지만 적어도 백은 되는 자들과 수차례 부딪쳤다.

'좋아. 이쪽도 정리가 됐어.'

사파의 영역임에도 아주 제대로 휘젓고 다녔다. 제집이라도 되는 듯 움직이는 운현의 움직임에는 거침이 없었다.

사파의 눈?

개방, 하오문, 동창. 각 지역마다 있는 관까지.

운현은 자신이 가진 힘과 영향력을 아낌없이 사용하고 있지 않은가. 입으로 말해도 아플 만큼 많은 곳을 통해서 정보를 얻고 있었다.

그럼과 동시에 상대의 정보를 마음껏 교란시키고 있었다.

'출발한 지 오래라 했지.'

그런 운현에 잔뜩 열을 올린 탁운이 무력대를 이끌고, 운현이 있는 호북 북쪽으로 올라오고 있다는 사실은 이미 읽은 지 오래였다.

사실 탁운이 앞뒤도 재지 않고 달려드는 덕분에 이 상황을 읽지 못하면 그게 더 이상할 정도였다.

움직임을 모두 읽고 있으니, 바둑을 두고 있다면 상대의 수를 미리부터 읽고 있는 셈!

숨어 있는 암화의 움직임이야 꼬리만 겨우겨우 잡아갈 뿐이지만, 애초 모습을 드러낸 탁운 정도야 그 수를 못 읽을 리가 없었다.

'그쪽이 너무 모습을 빨리 드러낸 게 패착이지.'

탁운으로서는 난세나 다름없는 지금 상황이 자신이 나서기에 최선의 상황이라 여겼을지 몰랐다.

허나 운현이 보기에는 때를 읽어도, 아주 제대로 잘못 읽었다.

지금과 같은 때야말로 차라리 몸을 보중해야 했다.

'이쪽에서…… 보중을 시켜볼까.'

상대가 몸을 보중하기 싫다면 이쪽에서 보중시켜 주는 게 올바른(?) 일이지 않겠는가!

"지자청."

"옙! 부르셨습니까."

지자청. 월하객.

풍문을 즐길 줄 아는 만큼이나 가진바 경공도 빠른 자였다. 듣기로는 세상 천지에 번지듯 퍼져 있는 낭만을 한시라도 빨리 즐기기 위해서 경공을 깊이 익혔다던가?

전시와 같은 지금에는 낭만보다는 낭보를 전해야 할 참이었다.

이런 시국에서 어디에 낭보를 전달하냐고? 뻔하지 않은가.

"무적자 어르신에게 이걸 전하게."

"이건……."

"움직일 때가 왔다고 해. 이쪽에서 제대로 발목을 잡아줄 테니까."

"흐흐. 꽤 재밌는 일이 되겠군요."

"저쪽은 아니어도 적어도 이쪽에선 그리 되겠지. 그럼 바로 가 봐!"

"명 받잡습니다!"

월하객이 잰걸음을 아끼지 않고 무적자가 있을 곳을 향해 몸을 날린다. 그런 그를 한참 바라보던 운현은.

"이쪽도 준비를 하지."

"명!"

너무도 당연하게 다음을 준비하고 있었다.

第九章
발묘조장(拔苗助長)

천장단애가 딱 어울리는 곳에 발자취를 남기는 몇몇이 있었다. 그 안에 포함된 자는 운현.

그는 검대의 조장급 몇을 데리고 눈이 시릴 듯 높은 절벽 위에서 바로 아래를 바라보고 있었다.

절벽의 아래로는 끝도 없이 행렬이 이어지고 있었다.

아래의 길이 험하기에 한 번에 이동할 수 있는 인원은 소수인 터. 덕분인지 인원에 비해서 행렬이 더욱 길어 보였다.

멀어도 너무 멀리 있는 길이지만, 운현은 또렷이 보이는 듯 집중을 하고 있었다.

"끝도 없이 오는군요."

"예로부터 숫자 하나는 많지 않았습니까. 사파인들."

"흠…… 그랬습니까?"

"꽤 많지요. 소위 명문대파까지는 아니어도, 정파는 사람 받아들이기를 까다롭게 하지 않습니까."

창명의 말대로다.

정파인은, 문파가 크면 클수록 사람을 받을 때 여러 절차를 거쳤다. 속가제자라 해도 쉬이 받아주지 않기도 하니 그 정파인들의 숫자가 적은 것까지는 어쩔 수 없었다.

'사파도 대파는 쉽게 받지 않기야 하지만…… 비교가 안 되긴 하지.'

칼 하나에 기대어 무림행을 벌이는 낭만.

실제로는 이뤄지지도 않는 낭만이지만, 그 말도 안 되는 낭만이란 것에 얼마나 많은 젊은이들이 무림인의 꿈을 키우던가.

정파에 비해서는 사파의 벽이 한없이 낮기도 하니, 사파인들이 더 많은 것은 어쩌면 당연한 일일지도 몰랐다.

사파라 해서 꼭 악의 화신이란 법은 없으니 말이다.

'그렇다 해도…….'

그 사연이야 어찌되었든 일단은 적.

저들 중 일부. 아니 전부가 당장 사라지면 일은 더 수월하게 될 수밖에 없었다.

"저들을 다 상대해야 하는 거군요."

"뭐 그렇죠."

창명이 질렸다는 듯 말한다.

"그럼 역시…… 검대를 다 끌고 오는 게 좋지 않았겠습니까?"

창명의 말대로 운현은 이곳에 검대를 다 끌고 오지 않았다. 정예라 할 수 있는 자들 서른만 끌어 왔다.

그중에서는 의방의 무사들도 반수를 차지하니, 검대의 인원을 거의 안 데려왔다 할 수 있을 정도였다.

빠르게 이동할 필요가 있었다지만, 서른이라니.

데려오지 않아도 너무 안 데려왔다. 절벽 아래에서 개미떼처럼 움직이는 자들에 비해서 그 수가 너무도 적었다.

"저들의 정보도 다 봉쇄된 터. 이참에 이곳에 검대를 데려왔다면 생각보다 쉽게 이득을 얻지 않았겠습니까?"

"흐음……."

"차라리 지금이라도 돌아가서, 더 좋은 자리를 선점하는 게 좋지 않겠습니까? 대주."

운현의 광신도나 다름없게 된 창명이다. 그런 창명이 하는 충언이었다. 일견 잘못된 점 하나 없는 충언이었다.

그런 충언에도 운현은 다른 것에 몰두하는 듯 시선을 아래를 향하고 있을 뿐이었다.

운현의 시선에 걸리는 자.

그는 황포만큼이나 화려한 붉은 장포를 걸치고 있었다.

사혈맹이라는 큼지막한 수가 놓아진 기를 든 기수들과 함께 위엄을 잔뜩 세우며 움직이고 있었다.

'저자가 탁운…… 흠…….'

얼핏 보기엔 사혈맹의 맹주다운 모습. 하지만 운현의 시선에는.

'재밌군.'

그 겉멋 어린 풍채보다도, 안에 숨겨져 있는 조막만 한 기운이 보일 뿐이었다.

기감으로 느껴지는 어딘지 익숙한 기운은 탁하다 못해 오염돼 있었다.

운현의 기감이 아무리 뛰어나다 해도 한계가 있는 법인데도, 저 멀리서도 기운이 탁한 게 보일 정도였다.

정파인이 저런 기운을 지녔더라면,

'주화입마에 빠졌다고 하겠지.'

당장 치료를 해야 한다고 발 벗고 나서야 했을 게다.

그런 기운을 가지고도 탁운은 잘도 움직이고 있었다. 거기다 그 기운이 컸다. 온몸 전체가 탁한 기운으로 가득 찬 느낌이었다.

'알려진 것보다 강한 건가. 아니면 다른 수?'

적어도 기운의 크기만 놓고 보자면 운현 그 이상이라고 보일 정도다. 아니 보면, 볼수록 기운이 크니 확실히 그 이상이다.

그의 뒤로 움직이고 있는 자들은 이미 여럿 상대한 바 있는 암검대였다.

'최고의 수겠지.'

어디서도 잘도 인원을 보충해 온 건지 몰라도, 운현에게 여럿 당했는데도 암검대의 수는 항상 정수를 유지했다.

당장에는 탁운에게 암검대를 유지하게 할 수 있는 힘이 바로 저 암검대였다.

숨겨진 수로는.

'역시 강시······.'

다른 여러 수가 있겠지만, 우선 드러난 힘만 놓고 보면 탁운이 가진 힘의 중심은 암검대였다.

'어디 볼까.'

스아아아.

옅은 기운.

옆에 있는 자들은 쉽게 느끼겠지만, 멀리 서 있는 자들은 무위가 낮으면 감히 느낄 수도 없는 기운을 은밀히 퍼트리는 운현이었다.

그 기운을 느낀 걸까.

"어?"

"눈치챈 거 같습니다!?"

"호……."

용케도 탁운이 이쪽을 바라봤다. 그 뒤로 암검대의 조장으로 보이는 자들이 운현이 있는 곳을 바라봤다.

뒤이어 눈치가 좋은 건지, 경지가 높은 건지 모를 사파의 무사들이 운현을 바라보기 시작했다.

개미떼처럼 절벽 아래를 움직이던 자들이 더욱 부산스러워졌다.

"적이다!"

"적이야. 준비해!"

운현이 암습이라도 벌일 거라 여긴 듯했다.

어설프나마 방진을 형성하고, 자기들끼리 모여들고, 색색으로 움직이는 모습은 꽤나 볼만했다.

'장군들이 왜 그러는지 알겠군.'

저 모습을 보아하니 장군들이 왜 열병식이랍시고 병사들을 쥐 잡듯 잡는지 알 만했다.

훈련받는 입장에서야 한없이 힘들겠지만 보는 입장에서는 꽤나 장관이었다.

"쯧…… 좋은 것도 아니지."

갑작스레 나온 혼잣말. 어쩐지 입이 써서 나온 혼잣말이었다.

"예?"

그 혼잣말에 운현에게 언제나 집중을 하고 있던 창명이 되묻는다.

"아니네. 보자……."

상대가 자신들을 보고 저렇게까지 진한 환영을 해 주는데 이쪽에서도 값은 치러줘야 하지 않겠는가.

"잡아라!"

"선공을 막아!"

마침 딱 준비가 됐는지 아래서부터 달려오는 자들이 있었다.

그 수만 오십 정도.

경공을 집중적으로 익힌 자들인지 그 몸이 꽤 날랬다. 운현 앞에 빛이 바랬지만 이름이 드높은 암검대도 몇 올라올 정도였다.

타아악.

산 타는 다람쥐처럼 발을 놀리면서 올라오는 상황.

"죽여!"

암검대 중 일부는 당한 동료들에 정이라도 주었던 건지 얼굴이 벌게져서 뛰어오르고 있었다. 척 봐도 복수심에 불타고 있었다.

오십이란 수지만, 그 기세가 흉흉하여 꽤 대단하게는 보였다.

안 그래도 잠시 정찰을 한다고 몇 명만 데려온 운현이다.

그까지 포함해서 다섯.

그 수에 비해서 오십이란 수는 딱 열 배였다. 거기다 기세 등등하니 열을 올리고 달려오고 있으니, 보통이라면 겁이라도 먹을 상황.

꽤 많은 수지만, 여기서 기가 죽은 자는 단 하나도 없었다.

운현이 아니더라도 오십이야 어떻게든 상대할 수 있다는 자신감이 있어 보였다.

"신고식은 제대로 보여 줌이 좋겠지."

고오오오오—

운현이 말을 끝냄과 동시에 기운을 끌어 올렸다.

화경의 경지에 오르고 안 그래도 강력한 선천진기를 자유자재로 끌어 올리는 데 능수능란해진 운현이었다.

가진 기운을 증폭하는 것 정도?

'쉽지.'

안 그래도 기운을 민감히 다루는 운현에게 있어선 소일거리도 되지 못했다.

우우웅—

운현은 기운을 일으켰을 뿐인데, 일어난 그 기운이 유형화 돼서 운현을 감싸 안을 정도였다.

"오……."

"화아."

안 그래도 운현의 강력함을 알고 있던 검대 무인들도 전부 감탄을 토할 만큼의 기운이었다.

"저, 저!"

기세 좋게 달려오던 자들 중에서 주춤거리는 자들도 있을 정도였다.

그에 상관없이 운현은.

"잠시 뒤로."

"예?"

"십 보 정도 물러나는 게 좋겠군. 어서."

유형화된 기운을 자신의 손 아래에서 하나로 모으면서 명을 내릴 뿐이다.

"뒤로. 뒤로!"

눈치가 빠른 편인 창명이 자신도 뒤로 물러서며 외친다.

"어어……."

당황하면서도 다들 물러서는 건 금방이었다. 머리로 생각하기 이전에 운현의 명부터 반사적으로 따르고 있었다.

운현은 그 일사불란한 모습에 감탄할 것도 없었다.

대신 더욱 집중을 할뿐이었다.

우웅—

일으키는 것만으로도 기운이 유형화되는 운현이었다.

그 유형화된 기운에 의지를 넣었다. 증폭을 시키고, 일점
에 담았다.

'부순다.'

무얼 부순다는 걸까?

"얼마 안 남았다!"

"속도를 내!"

속도를 더 내기 시작하며 절벽을 기어오르는 자들?

아니면 뒤늦게나마 준비가 끝났는지 달려들기 시작하는
자들을 노리는 걸까?

아니.

운현이 노리는 것은 따로 있었다.

바로 그의 아래.

깎아지를 듯한 곳. 절벽. 그 절벽 그 자체를 노렸다.

'확실하게……'

스아아아악—

빠를 필요도 없었다. 한 점에 기운을 담는 것이 중요했다.

'어디까지 될까.'

강대한 기운의 거의 대부분을 담았다. 그 기운을 일점에

담아 사용하는 것. 운현으로서도 처음 있는 경험이다.

화경의 경지에 이르러서는 더더욱!

'쏜다.'

그의 손이 아래로 처박힌다. 자신이 발을 디딘 땅에 기운을 일점에 담은 주먹을 내리쳤을 뿐이었다.

파악.

처음에 나는 소리는 미미했다.

너무도 작아.

"어?"

내심 큰 폭음을 기대했던 검대의 사람들 모두 놀란 눈을 할 정도.

'설마 신의님이…… 실패인가?'

처음엔 신의의 실패를 의심하는 자도 있었다.

'그러기엔……'

허나 실패라 하기에는 운현이 내뿜은 기운 그 자체가 너무도 거대했다.

그 거대한 기운이 그냥 사라질 리가 있겠는가!

그그그그궁—

때마침 울려퍼지는 묵직한 음. 그게 시작이었다.

콰즉.

땅이 으깨지기 시작한다.

운현이 서 있는 곳. 그곳이 마지막 경계였다. 그 앞으로 모든 땅들이 지진이라도 난 듯 거미줄처럼 갈라진다.

자연의 신비와도 같이, 마치 마술처럼!

처음 시작된 갈라짐은 점차 커졌다. 증폭됐다. 유형화된 기운들처럼 더욱 커졌다. 그리고 끝끝내는.

파삭—

마지막 비명과도 같은 울림을 남기고서는.

"저, 저!"

콰아아아아아아앙!

그대로 커졌다! 땅이 푹 꺼졌다!

안 그래도 깎아지를 듯 날카롭기만 하던 절벽. 그 절벽의 살이 완전히 갈라지듯 모든 것이 무너져 내리기 시작했다!

그그그그그긍!

으깨지고, 갈라지고, 쪼개진다. 절벽 그 자체가!

이걸 뭐라 해야 할까.

"하……."

"……산사태. 미친."

높은 경지의 무인이 펼치는 무공은 신선의 도술과도 같다더니. 지금이 딱 그 꼴이지 않은가!

무너지기 시작한 절벽. 산사태.

그 흙더미들이 어디로 가겠는가!

"……도, 도망쳐!"

아래로 떨어진다. 끌어당기는 중력에 의해서.

그그그그궁—

눈사태의 눈도 아닌 시커먼 흙들. 그 사이사이에 끼어 있던 바위들이 아득한 높이에서 떨어지는 격렬함이란!

인간이 감히 대응하기에, 아니 대응할 생각도 못 하게 하는 격렬함이 있었다.

아래는 순식간에 아비규환(阿鼻叫喚)이 됐다.

살자고 발버둥 치며 달리는 자가 있고, 홀로 살겠다고 동료를 밀쳐내는 자들도 있었다.

"모두 한 곳으로!"

"정렬하라고!"

정렬하라는 말이 무슨 소용일까. 이 장엄한 파괴 가운데에서 감히 피할 만한 곳이나 있겠는가.

이건.

사람이 손으로 길 위에 놓인 개미 하나를 으깨는 것과 같았다.

콰즈즈즉.

가장 먼저 달려오던 오십의 숫자가 몰살되기 시작했다.

그 뒤를 이어 달려오던 자들이 흙더미에 휩싸인다. 금방 죽은 자의 무덤이 만들어진다.

자신은 살겠다고 등을 내놓고 달린 자는.

"……컥."

콰즉.

바위가 굴러와 으깨버린다. 구르는 바위는 눈사태처럼 흩뿌려지는 흙더미보다도 더욱 빨랐다.

육편 조각을 내버리고서는 그대로 다른 자도 삼키듯 다가온다.

단순한 바위 하나가 사신의 재림이라도 된 듯했다.

"막아라!"

그때. 미치기라도 한 외침이 들린다.

고오오오—

위엄을 버리고 악귀의 형상을 취한 자. 기운 자체를 일으키는 게 고통스러운 듯 잘생긴 얼굴을 잔뜩 찌푸려 아수라라도 된 듯한 탁운이 있었다.

그는 기운을 일으키고는 그대로 잘도!

퍼어어어억— 콰앙!

기운을 일으켜 달려드는 바위를 깨버렸다.

이 장도 더 넘는 자신보다도 거대한 바위를 고작해야 일장에 깨부쉈다.

"망할 수작!"

뒤를 이어서 달려드는 그의 걸음에는 거침이 없었다.

콰아아앙!

몸에 부딪치는 바위조차도 탁한 기운을 이용해서 그대로 아작을 낸다.

멀리 있는 것은.

스아아악— 콰앙!

장력을 날려 바위를 파괴한다.

단번에 이 장, 삼 장을 넘는 바위들이 그의 기운에 의해 으깨진다.

운현이 일권으로 신기를 보였다면, 탁운은 그 신기를 파쇄하는 아수라와도 같았다. 신에 대적하고자 나서는 악귀랄까!

효과가 있던 것일까.

"따라붙어!"

"명!"

혼비백산하던 자들. 특히 암검대에 새로 보충된 무사들이 탁운의 뒤를 바로 따라붙기 시작했다.

그리곤 두셋이 모여서.

고오오오오—

기운을 일으켰다. 탁운과 비슷한 탁한 기운이었다. 다만 탁운보다는 한 수 아래인지 기운의 짙음이 적었다.

허나 상관은 없었다.

탁운보다 못하더라도 그들은 수가 많았다.

두셋씩 모여들은 암검대의 검수들은.

"베라!"

"……."

탁운의 명 그 자체를 바로 따랐다.

파사사사삭—

파괴하지 못하더라도, 베는 것으로도 저지하는 데는 충분했다.

일검에 안 되면 바로 이검이 따라붙었다. 으깨지지 않았으나, 바위를 조각내고 저지하는 데는 충분한 힘이 실렸다.

쿠우웅!

순식간에 산사태를 일으키던 바위들이 녹듯 사라져버린다.

그 수 중 반수는 탁운의 권과 장력에 의한 것이었다.

"노오오오오옴!"

누굴 향할 외침일까?

그의 눈에 가득 차오르고 있는 산사태의 흙들? 아니면 이 신기를 일으킨 운현?

어느 쪽이든 상관없었다. 그는 눈앞에 있는 것들에 집중을 할 뿐이었다.

자신의 수하들을 잔뜩 잡아먹은 흙더미를! 원수라도 되는 듯이!

살기를 담아 바라보던 그는.

고오오오오—

안 그래도 거대했던 기운을 더욱 크게 늘렸다. 증폭이다. 운현과는 달랐다.

그의 힘이 증폭되는 만큼 받는 고통도 커지는 듯, 탁운의 얼굴에 나타난 악귀의 형상은 더욱 짙어졌다.

하지만 거대했다. 너무도 거대해서.

"……죽어라!"

콰즉—

쏟아지는 흙더미들을 일견 저지시킬 정도였다.

모두를 잡아먹을 듯한 흙더미들이 순간 멈춘다. 그야말로 운현과는 다른 방식의 신기!

그로는 모자라긴 했다. 한 사람의 힘으로 어찌 산사태를 막을까.

허나 그 뒤를 따라서!

"막아!"

고오오오—

검수들이 기운을 아끼지 않고 흩뿌린다.

아주 잠시라도 된다. 적은 흙더미라도 된다. 조금만 산화시키면 됐다.

어차피 가장 많은 이들을 죽이는 굴러 떨어지는 바위들은 권과 장으로 파쇄해 내지 않았던가.

아주 작은 촌각.

그만큼의 시간이라도 흙더미들을 막고, 산사태를 저지한다면 그것으로도 사혈맹의 무사들 중 꽤 많은 자가 살아남을 수가 있었다.

콰아아아아앙!

그런 탁운의 생각이 통했을까?

쿵!

그에게 달려들던 바위가 하나 더 으깨짐과 동시에 잠시지만, 분명 흙더미들의 행렬이 멈춰 섰다.

촌각일지라도 말도 안 되는 기사(奇事)가 벌어졌다!

"후우…… 후……."

그제서야 분노가 사그라들었는지. 악귀의 형상을 하고 있던 탁운의 얼굴이 조금씩 본래의 모습으로 돌아온다.

찡그려졌던 표정이 다시 펴지며 돌아온 탁운의 얼굴은 그 전의 위엄 어린 표정과 다시금 똑 닮아 있었다.

잠시나마 모든 산사태를 멈추고, 많은 사혈맹의 무사들을 살리는 데 성공했다.

"사, 살았다……."

"……시부럴. 되도 않게 죽을 뻔했잖아!"

살았음에 놀라는 자. 욕설을 내뱉으며 화를 내는 자. 모두 그들의 머릿속 한가운데에는 같은 생각들로 가득했다.

'살았다.'

목숨을 구함받은 것이 기쁘지도 했지만,

'……괴물들 같으니라고.'

산사태를 일으켜 버린 운현이나, 그걸 막겠답시고 나선 탁운이 그들에게는 모두 괴물로 보였다.

그런 그들의 마음을 아는지 모르는지, 탁운의 시선은 오로지 위를 향해 있을 뿐이었다. 하늘이 아니었다. 부서지고 남은 절벽을 향해서였다.

"호기신의!"

우웅─

그의 울림에 산 전체가 진동하는 듯했다.

허나 그런 탁운의 분노를 받아줘야 할 운현이 있을 자리에는, 뽀얗게 내려앉은 흙더미만 가득할 뿐이었다.

第十章
절치부심(切齒腐心)

　자연 지형과 상황. 내공을 증폭할 시간. 선천진기.

　여러 가지가 도움이 된 건 사실이다. 그렇다고 하더라도.

　"후아."

　운현과 함께 절벽 위를 떠나 온 무인들로서는 달리 할 말이 없었다.

　고수. 아니 초고수의 무위는 신기와도 같다고 들었지만, 이건 해도 너무하지 않은가.

　'닿을 수나 있을까.'

　운현의 나이는 아직 어린 터. 검대에 있는 무인들 중에는 운현보다도 더 나이 많은 자가 수두룩했다.

그런 자들 중 운현을 감히 따라 할 수 있는 자가 있을까?

'없다.'

아니 같은 검대를 떠나 무림 전체를 뒤진다고 하더라도 마찬가지다.

방금 전까지 보여줬던 힘은 초고수의 반열에 있는 자들이라 하더라도 보여줄 수 있는 이가 몇 되지 않을 것이다.

초고수들과 대결을 하는 걸 보지는 못했지만.

'……확신할 수 있다.'

저런 식의 힘을 쓴다는 건 본 바도, 보았다는 사람의 이야기를 들은 바도 없었다.

그런 힘을 잘도 부려놓고도, 어느샌가 내력을 회복하곤 평소의 표정으로 돌아온 운현을 바라보는 무인들의 심정이란 내심 복잡할 수밖에 없었다.

단 한 수.

그 한 수로 운현은 사혈맹의 무인들의 발목을 사로잡았으며, 동시에 자신을 따른 무인들의 시선과 충성을 자연스레 사로잡았다.

압도적인 무위로!

모르긴 몰라도 지금 있는 무인들이 돌아가 운현이 보였던 신기이자 기행의 일부라도 전달해 내기만 한다면.

'달라지겠지.'

안 그래도 변해 가던 무인들이 더욱 변화에 박차를 가할지도 몰랐다.

백문(百聞)이 불여일견(不如一見)이라 했으니 이 자리에 있던 자들은 그들보다도 더욱 빠를지도 몰랐다.

그 위의 경지. 그 경지의 힘을 직접 느끼고 볼 기회는 적을 수밖에 없으니 거의 확실했다.

여러모로 대단한 그런 일을 벌인 주제에도 운현은 또 다음을 생각하고 있었다.

그가 아쉽다는 듯 말했다.

"역시 그냥 돌아가기는 아쉽지 않겠습니까. 준비한 것들도 꽤 되고. 시간도 벌었으니 말입니다."

"……그 말씀은?"

"제대로 해줘야지요."

"음…… 정말 괜찮겠습니까? 도의적으로도 문제가 있을 수 있고. 나중에 가서는 악명이 생기실 수도 있습니다."

창명은 운현이 걱정돼서 말함이 분명하다. 하지만 운현은 창명의 말에도 흔들림이 없었다. 되레 더 단호해졌다.

"전쟁인 겁니다. 악명과 함께 득도 얻을 수 있다면…… 그걸로 지킬 수 있으면 되는 겁니다. 가죠."

한 치의 물러섬도 없이 운현이 걸음을 떼기 시작했다. 의지의 표현이었다.

그 뒤를 다들 말없이 따르기 시작했다.

우려를 했던 창명이 바로 운현의 뒤를 따르기 시작했다.

'들어올 때부터 가시밭길이라고는 생각했지만…… 후후.'

그리 나쁘지는 않은 표정이었다. 되레 운현과 같이 가시밭길을 걸음에 뿌듯함까지 어려 있을 정도였다.

모두가 그렇게 다시금 발걸음을 옮겼다.

　　　　＊　　　＊　　　＊

모두가 뿌듯함 일색일 때에 탁운은 그리 할 수가 없었다.

사방에 시체와 부상자가 널렸다.

"흐으……."

차라리 검에 베였더라면 상황이 나았을 거다.

돌과 흙에 깔린 상처가 그득했다. 깔렸다는 소리다. 압사로 죽지는 않더라도, 당장 치료나 가능할까 싶을 자들이 수두룩했다.

단 한 수의 결과지만 그 결과는 치명적이었다.

그래도 같은 사혈맹이란 이름으로 모이지 않았는가.

암검대를 제외하고 혈화대, 혈살대, 사충대가 나서서 상황을 수습하고는 있지만 애꿎은 시간이 걸릴 수밖에 없었다.

그렇다고 해서 버릴 수도 없었다.

전장 한가운데에서라면 버릴 수도 있었다. 다소 냉정하기
는 하나, 그걸 가지고 욕을 할 사파인은 그리 많지 않았다.

하지만 이런 상황에서 시체야 그렇다 쳐도 부상자들을 버
린다? 말도 안 되는 소리였다.

그러니 발목이 잡힐 수밖에 없었다.

그나마 다행이라면 탁운 또한 암검대와 함께 강력한 무위
를 선보인 터.

덕분인지 이곳에 오기 전까지만 하더라도 암검대는 우러
러 볼지언정, 탁운의 무력에는 반신반의하던 자들은 사라졌
다.

'후……'

곳곳에 신음이 가득한 가운데에서도 탁운은 쉼 없이 계산
을 할 수밖에 없었다.

"상황은?"

"……아직 더 파악을 해 봐야겠으나 사망자는 백 이상.
부상자는 이백은 더 넘습니다."

"총 삼백이 넘는 거로군."

삼백. 최소의 수치다. 이들을 수습해서 보내려면 백 정도
의 인원은 들여야 할지도 몰랐다.

주력이라 할 수 있는 암검대야 몇 당한 것을 제외하면 문
제 하나 없다지만.

'전력의 오분지 일이 사라진 건가.'

당장에 전력이 사라진 게 컸다.

세 무력대의 예비대를 데려온다고 하더라도 다소의 전력 소모까지는 어쩔 수 없으리라.

게다가 가장 중요한 건 역시.

'발목이 잡혔다. 제대로.'

시간을 줬다는 게 가장 큰 문제이리라.

이럴 때일수록 시간을 줄일 방안을 마련해야 했다.

당장 머리에 떠오르는 건 없지 않았다. 그 방안을 실행해야 하는 게 탁운으로서는 마음에 들지 않을 뿐이었다.

그래도 해야만 했다.

"……암검 대주."

"부르셨습니까?"

탁운의 부름에 암검대주가 다가온다.

그 난리 속에서도 그의 모습은 평온해 보였다. 탁운조차도 한 움큼 묻혀 놓은 흙조차 의복에 묻지 않아 있을 정도였다.

'또 한 걸음 뺀 건가.'

다들 당할 때 한 걸음 물러났단 소리다.

뻔뻔하다. 또한 탁운을 대하는 모습으로 보아선 탁운에 대한 충성심도 보이지 않는 터였다.

'쯧…….'

그가 가진 힘을 아끼지 않고 사용했더라면.

적어도 탁운의 옆에서 같이 검을 휘둘렀더라면 여기 있는 부상자들 중의 반수 정도는 줄었으리라.

적어도 그의 실력은.

'나와 동수.'

대주가 드러내놓고 말은 하지는 않고 있지만, 탁운이 느끼기로는 확실했다.

저자의 무력은 분명 자신과 비슷했다.

이번 정사대전을 위해서 억지로 힘을 끌어 올린 자신과 달리, 저자는 존재 자체가 천재나 다름없었다.

암화의 주인이 손수 키운 자, 혹은 제자라고도 하는 말이 있더니 나이 이상으로 강력했다.

'……무슨 수가 있는 게지.'

어쩌면 지금까지 암화에서 여러 무인들을 키워낸 방식을 전부 집대성한 자가 눈앞의 암검대주일지도 몰랐다.

자신보다도 더욱 강력할 수도 있었다.

그래선지 몰라도 암검대주는 언제나 탁운 앞에서 당당했다. 다소 거만하다 할 정도였다.

겉으로나마 수하일지언정 속으로는 거의 대등한 관계로 여기는 듯했다.

"연통을 보내주게."

연통이란 말이 나온 순간 암검대주의 눈썹이 씰룩였다.

"……때가 아닐 텐데요? 아직 날짜가 얼마 되지 않았습니다."

바로 반발이 왔다.

"지금이 때네."

"싫어하실 겁니다."

"지원을 요청할 걸세."

"들어 주실 리가…… 없습니다. 지금까지의 전력도 꽤 되지 않습니까."

대주의 말이 맞긴 했다.

암검대라고 희생이 없으랴. 운현에게 당한 자들이 아니더라도 사파를 통일키 위해 움직이다 보니 당한 자가 꽤 됐다.

항상 처음의 숫자를 유지하고는 있지만, 그건 어디까지나 겉으로 나온 모습일 뿐이었다.

무려 사파인들이지 않은가.

암습은 기본이고 독살은 덤이었다. 온갖 기괴한 수법으로 암검대 무인들을 노렸고 실제로 당한 자도 많았다.

암검대의 위명을 올리기 위해 바깥으로 알리지 않았을 따름이었다.

실제 처음 나온 자들 중 반 수 이상이 죽었다.

모두가 강한 전력이고, 조장급만 돼도 절정에 이르러 있는 걸 감안하면 꽤 큰 피해다.

그럼에도 탁운은 물러나지 않았다.

"판단은 자네가 할 일이 아닐세."

"……지금 전력으로도 충분히 적의 무력대 하나 정도는 토벌 가능할 듯 보입니다만."

대주도 마찬가지. 그는 주변을 슥 보면서 남은 자들을 가르켰다. 아직 천이 넘는 수가 더 있으니, 무슨 문제냐는 투였다.

사파인들을 같은 사람으로 취급하지 않는 듯했다.

마치 소모품으로 보는 눈빛이었다. 사파 무사들이 얼마가 죽든 상관이 없다는 태도다.

'너야 그렇겠지.'

탁운도 모를 리가 없다.

암검대주야 암화와의 계약으로 따라온 입장. 그는 오직 암화의 명만을 받는다.

그로선 암검대의 무인들이 사파인들을 위해서 죽는 것이 달가울 리가 없었다.

실제로 사파의 무인들을 제물로 바쳐 암화의 일을 획책하는 데만 열을 올리고 있었다.

숨기지도 않고 대놓고 그런 모습들을 보이기에 탁운은 확신을 가질 수 있었다.

허나 이쪽도.

'마찬가지지.'

암화를 이용물로 보는 건 같았다. 후(後)를 생각한다면 암화의 무인들이 사파인들을 대신해서 죽어줘야 함이 맞았다.

'뒤를 생각해야지.'

서로가 서로를 이용. 서로가 동상이몽 속에 있는 상황이다. 어느 한쪽은 물러나야 했다.

"그렇담…… 나는 더 갈 생각이 없네. 뭐 이 정도도 좋겠지. 사파의 일통도 좋은 성과야."

"……그분이 그대로 두고 보실 거라 여기시는 겁니까?"

빠득.

이빨 깨지는 소리가 들린다. 허나 탁운은 당당했다.

"차라리 지금에 와선 저들과 손을 잡는 게 나을 수도 있지. 공동의 적 아닌가. 자네들? 사라져버린 마교와 같은."

"……"

지금 이 기세대로라면 정말 모든 일을 접고 두문불출할 기세였다.

탁운을 말도 맞기는 했다.

아직 탁운의 나이는 그리 많지 않은 터. 중년이라도 한창인 게 무인인데 탁운이라면 많다 할 것도 없었다.

그런 탁운이라면 버티고 또 버티다 보면 기회가 올 터다.

그보다 강력한 운현이라고 하더라도 그 성격상 사파가 물러나면, 사파를 치고 들어오지도 않을 터.

탁운의 말대로라면 여기서 손해만 보는 쪽은 암화가 된다.

"……뒤를 조심해야 할 거요."

"일개 대주가 맹주에게 하는 말치곤 사납군."

대주의 반협박에도 탁운은 웃음을 지었다. 할 수 있다면 해보라는 태도였다.

'언젠가 네 욕심이 너를 잡아먹을 거다.'

대주는 훅하고 작게 한숨을 내쉬고는 품에서 무언가를 꺼내들었다.

작은 새장이었다. 너무도 작아서 참새만 한 새도 겨우 들어갈까 싶은 새장이었다.

쪼릉—

헌데 그 안에서 나온 새는 그 크기가 새장보다도 더 컸다. 어찌 이 안에 들어갔는지 알 수 없는 노릇이었다.

뭉쳐 있을 몸을 펼 필요도 없다는 듯 새는 종종대며 암검 대주의 어깨를 타고 올라가 자리를 잡을 뿐이었다.

'영물이야.'

종도 모르지만 저건 영물이 확실했다.

눈에는 사람처럼 이성이 있는 듯 맑았다.

탁운이 감탄을 하든 말든, 대주는 어느덧 준비된 먹을 꺼내들었다. 간소하게나마 쓸 수 있는 지필묵이었다.

"뭐라 써주면 되겠습니까?"

"지원. 이 두 글자면 되네. 그릇은 알아서 보여주겠지."

까득.

"……알았습니다."

그날. 한창 사상자를 수습하던 절벽 위로 영물 하나가 바깥으로 날아들었다.

위치는 정파의 영역. 북을 향해서였다.

＊　　＊　　＊

의외의 장소에 영물이 날아가고 있는 사이.

"가지."

"명!"

영원할 것 같았던 수습이 끝이 났다. 깔려 있는 자들을 꺼내는 게 오래 걸렸을 뿐이지, 막상 옮기는 것은 금방이었다.

문제는 삼백이 넘는 인원이 빠져나갔다는 것 정도.

단 한 수에 오분지 일의 인원이 빠져나갔으니, 다들 시름이 깊긴 했다.

사파인으로서 이름을 높이고자 하던 이도. 한 자리 크게 먹어보고자 하던 이들도 전부 풀이 죽어 있었다. 사기가 저하된 게다.

"후아."

"어서 가자고."

그래도 이 악몽 같은 장소에서 떠나고 싶은 건 매한가지인 듯했다.

사혈맹주의 명이 떨어지자마자 빠르게 움직이기 시작했다.

수습을 하느라 한참이 지나, 해가 져가고 있음에도 걸음을 더 재촉할 정도였다.

화섭지로 불붙인 횃불들을 한 손에 든 채로, 일렬로 이어진 사혈맹의 무인들은 차분히 앞을 향해 나갔다.

"두 번은 없군."

"그런 듯합니다."

"저쪽도 무리는 않는 건가. 흠…… 그리 쉬워 보이는 자는 아니던데."

일렬로 행렬이 한참 이어지는 도중에도, 운현의 공격은 또 없었다.

'이상하군.'

탁운이었다면, 이참에 한 번 더 암습을 했을 터다.

낮에도 한바탕 크게 벌였는데, 밤에도 한 번 더 타격을 준다면 이쪽으로서도 타격이 있을 수밖에 없는 터.

그걸 모를 운현이 아닐 텐데도 아무런 기색이 느껴지지 않는다.

'눈치챘는가.'

다음 수는 뻔히 당하지 않기 위해서 따로 준비를 해 놓은 터.

언제든 모습만 드러낸다면 그를 노리고 타격을 주려 했거늘 낌새는커녕 쥐새끼 하나 지나가지 않는다.

"아쉽군."

"그렇게 된 듯합니다."

"쯧."

입이 쓴 탁운이다.

한 방 먹었으니 제대로 한 방 먹여주려 했거늘. 이 한 방에 운현이 무너지리라고는 여기지 않았지만, 같은 식으로 복수를 하려 했으나 무용했다.

'오늘은…… 어쩔 수 없는 겐가.'

아직 기회는 많다 여겼다.

승패는 병가지상사라 하지 않았는가. 오늘만 날도 아니고, 당장 내일이라도 운현이 모습을 드러내면 처리하면 되었다.

정히 안 되면 결전이 벌어졌을 때라도 이겨내면 되었다.

쉽게 무너질 생각, 아니 질 생각은 처음부터 없던 탁운이었다.

"……가지. 나간 암검대는 들어오라 하게."

"명 받잡지요."

암검대 대주의 퉁명스런 답과 함께 걸음을 옮기길 한참.

때는 완전히 밤이 되었고, 산속이기에 일찍부터 맺히는 산이슬에 의복이 촉촉이 젖어가는 찰나였다.

사람들이 머무르기에 적당한 공터가 나왔다.

본래부터 쉬기로 되어 있던 곳에 도착한 게다. 늦은 시간이지만, 야영지는 곧 쉼터라고 할 수 있는 곳이었다.

무인이라고 하더라도 쉴 수만 있다면 그 자체가 기쁨이다.

"야영지를 꾸리겠습니다."

"빠르게 하라. 경계는 철저히 하고. 이럴 때일수록 암습을 조심해야 하는 법이니."

"명!"

탁운의 명 아래에서 련의 무사들이 개미처럼 바글바글 움직이기 시작했다.

개미가 굴을 파듯 야영지는 순식간에 만들어지기 시작했다.

'이번에도 아닌가.'

그 사이 암습이 벌어진다거나 하는 일은 없었다.

하기는 운현이 데려온 자가 열댓 명이다. 미리 준비를 시켰다고 하더라도 이 탁 트인 야영지 내에서 숨을 장소는 많지 않았다.

잘해야 백 정도가 나설 수 있다.

그런 상황에서 암습을 가한다고 한다면? 사혈맹 쪽에서도 피해가 크겠지만, 운현 쪽도 피해가 없지는 않을 터다.

최대한 치고 빠진다고 하더라도 이쪽도 무인이니 경공을 펼칠 수 있다.

군대와 군대의 싸움에서는 또 다르겠지만, 무인끼리의 다툼에서는 이런 암습이 의외로 잘 먹히지 않는 수가 많았다.

'이런 경험은 거의 없는 것으로 아는데…… 흠. 참모라도 있는 겐가.'

그래도 천하의 운현이다.

완전히 방심을 할 수는 없는 상황이었다.

"경계를 확실히 해. 어딘가에서 달려들지 모르는 상황이니."

"예정보다 두 배는 더 투입했습니다."

"잘했네."

경계할 이들을 두 배는 투입을 하고 나서야 안심을 하는 탁운이었다.

다소 겁을 먹은 것으로 보일 수 있으나, 경계를 나가는 사혈맹 무사들 중에서는 불만이 있는 자가 단 한 명도 없었다.

낮에 보였던 운현의 무위가 문제였다.

공터기에 절벽에서와 같은 일은 터지지 않겠지만, 그렇다해도 당할 걸 생각하면 아찔하기만 했다.

그 무위에 또 한 번 당하느니, 경계를 서는 수고스러움을 택한 게다.

"제대로 서. 졸지 말고!"

"당연합니다!"

사방을 경계하는 자들이 모두가 투입되고 나서야.

"휴우……."

"밥이나 짓지."

모두가 안심을 했다. 한숨을 푹푹 내쉬는 자들 모두 안도의 숨을 내쉬고 있었다. 그만큼 낮의 일이 충격이었으리라.

조금은 안심을 하고, 조심성 많은 탁운마저도 막 만들어진 자신의 막사에 들어가서 숨을 돌리는 사이.

"먹자고."

"이런 야영지가 많으면 좋겠는데."

"무리야. 당분간은 또 지긋지긋한 백곡단만 먹어야 할 거다."

"제길! 맹의 건 뭘로 만들었는지 맛 더럽게 없다고."

"알지. 그래도 어째."

"자자. 그러니 잔칫상이라고 여기라고."

"말 하나는 잘하는구만. 낭인 출신이라더니 어디 바람잡이라도 한 거 아녀?"

"풋. 헛소리 말고. 먹어. 먹는 게 남는 게야."

여기저기서 연기를 위로 쏘아 올리며 만들어낸다. 백곡단이 아닌 것만 해도 어디인가. 다들 좋은 휴식이 되겠거니 생각하며 한술씩 떠댄다.

쩝쩝거리는 소리만이 야영지 안에 그득하니 찬다.

소박하지만 행복이라면 행복일 수 있는 상황이다.

"크흐……."

모두가 만족스러운 밥 한 끼에 휴식다운 휴식이라고 느낄 만한 무렵.

"……컥."

"크윽……."

이변은 그때 시작됐다.

모두가 배를 움켜잡기 시작했다. 개중에서는 숨이 역류하는 듯 게거품을 무는 자도 있었다.

수백이 되는 자들이 순식간에 끙끙 앓기 시작했다.

"도, 독……."

"크으……."

순간 숨이 멎은 자도 있었다. 하지만 그런 자는 소수였다. 당장 숨이 멎은 자들은 지극히 약한 자들이었다. 맹의 무사들 중에서도 가장 하위의 자들이었다.

중급 무사만 돼도 죽지는 않았다. 다만 앓았다.

"……제, 젠장."

쿵쾅. 쿵쾅.

가슴은 미친 듯이 두근거리고, 호흡이 가빠져 온다. 숨은 고약하게 조여오고, 땀은 비 오듯 쏟아진다.

역병에라도 걸린 느낌이었다.

맹독이라면 맹독. 허나 내공이 있는 무인에게 있어서는 어찌 버틸 수도 있는 독이었다.

"……내, 내공을 사용해."

누군가 외쳤다.

아껴왔던 내공을 몸에 휘휘 돌리기 시작한다.

효과가 없지 않았다. 내공을 돌리는 만큼 독은 사그라들어 갔다. 문제는 내공이 소모되는 속도가 꽤 빠르다는 것.

"컥……."

내공을 쓰며 독을 처리하다가 내공이 달리는 자가 나오기 시작했다.

중급의 무사들 가운데였다. 독으로부터 몸을 보호해 주던 내공이 완전히 소모됐으니 그 뒤는 어찌 되겠는가.

"……크아아악!"

남은 약간의 독으로도 어마어마한 중독 증세가 일어나게
된다.

개중에 괜찮던 자들 중에서 비명소리가 계속해서 터지기
시작한다.

'서, 선천진기라도……'

죽는 것보다는 수명이 주는 게 나은 터.

선택권은 없었다.

일생일대의 대결을 펼치는 것도 아니고, 독에 중독된 상
태. 하지만 해독약은 없는 상태이기에, 인생의 숙적이라도
만난 듯 선천진기라도 소모한다.

스아아아—

순식간에 내력은 줄어들고, 수명 또한 사그라들어 가지만
당장 독은 해치울 수 있었다.

내공이란 것이 중독된 독의 해독제라도 되는 듯, 독은 내
공을 쓰는 만큼 사그라들었다.

"허억 허……"

모두가 가쁜 숨을 내쉰다.

죽은 자는 소수. 게거품을 머금은 자들도 어찌 내력을 돌
리게 하면 살 수야 있겠지만 타격이 컸다.

그 광경을.

"망할!!!!!!!"

막대한 내력으로 독을 녹이고 나온 탁운이 하나도 빠짐없이 바라보고 있었다.

전투가 벌어지기도 전에 또 다시 타격을 입었다.

그것도 손도 쓰지 못하는 방식으로!

"운!! 현!!"

살기가 가득 맺혀 있는 울림이 야영지 내를 그득 채운다.

第十一章
사기 저하

사기가 말이 아니게 됐다.

무림맹 전체도 아니고 검대 하나. 그중에서도 가장 신생의 검대가 그들이 상대해야 할 적이었다.

그들의 수는 검대의 세 배.

아무리 천하의 운현이 끼어 있다고는 하지만 자신감이 없을 리가 없었다.

그 운현만 잡아내면 판도가 달라질 수 있음을 모두가 알고 있는 터.

다소 과한 전력을 투입해내서 운현만 잡아낼 수 있다면 사혈맹의 승리는 당연하다고 여기는 자도 다수 있을 정도였다.

사기가 드높았다. 허나 지금은 낮아도 너무 낮았다.

"크흐……."

내공을 모아가며 독의 후유증을 날려가는 자들은 그 정도가 더욱 심했다.

'도망칠까.'

군대도 아닌 바에야 무림인끼리의 대결에서 거의 없는 탈영까지 생각하는 자도 있을 정도였다.

언제고 잡힌다면 처절하게 주살을 당할 수 있음을 알지만 당장이 두렵기 때문이다.

이건 살아도 산 게 아니었다.

"흐으……."

차라리 대놓고 기습이라도 하고 들어 다면 나을 것을.

처음에는 절벽에서 산사태를 그 다음에는 독을 사용하더니, 이제는 아예 본격적으로 움직이기 시작했다.

"지금부터 벽곡단으로만 식사를 한다."

독에 또 당하는 건 싫기에 더 이상 물을 사용치 않았다.

식수라고 하는 것도 최소의 것을 사용했다. 누군가 한 명 먹어보고선 괜찮은 걸 알고서야 그때서야 안심하고 식수를 이용했다.

물에 독을 푸는 걸 경계한 게다.

덕분에 이쯤이면 된다고 여길 때쯤.

"……컥."

또 독이 퍼졌다. 물이 아니었다. 터져버린 독연이었다.

"도, 독구!"

독연은 발이라도 달린 듯 순식간에 퍼져 나갔다. 독공의 고수가 심혈을 기울여 만든 것처럼 만들어진 독이 순식간에 퍼져나갔다.

그에 수십 명이 또 순식간에 중독됐다.

"……죽이는 것보다 살리는 것이 더 어렵다더니."

신의라는 이름이 붙을 만큼 사람을 살릴 줄 아는 운현이니 쉽게 사람을 죽일 수도 있는 것일까.

'독을 익힌 겐가. 당가의 아이와 오래 붙어 있는 건 알고 있었다만…….'

의술에 이어서 독술까지 사용하다니?

어디 독공이 쉬운 것인가.

쉬우려야 쉬울 수가 없었다.

의술을 익힌 자들이라면 독을 심심찮게 다루곤 하지만 이렇게 쉽게 수십씩을 중독시키는 방식을 사용하긴 어려워했다.

말이 좋아 만류귀종이지 여러 분야를 손대는 사람 치고 높은 경지에 오르는 자는 거의 어지간해서는 없었다. 아니 아예 없다 봐도 무방했다.

그런데 이런 걸 잘도 운현은 몇 개고 설치해냈다.

"조심해."

"정찰대를 늘린다. 길게 늘어서게 해."

"……명!"

물도 조심해야 할 판에, 움직이는 것조차도 촉각을 곤두세워야 할 상황이었다.

무슨 장치를 한 건지 몰라도 때로는 정찰대가 지나가고 본대가 들어서고 나서야 터지는 독연도 있었다.

치이이익—

"망할!"

독이 퍼져 나갈 때마다 사람들이 픽픽 쓰러져 나갔다.

사기가 절로 떨어져 갔다.

여기서 끝을 내면 좋으련만.

독으로 움직임을 제한되고, 식수도 마음대로 활용을 할 수가 없다. 한 보 한 보 옮길 때마다 촉각을 곤두세워야 하는 상황이다.

"이제 얼마 안 남았다!"

"……현에 들어가면서부터 괜찮아질 게야."

현에 들어서기만 하면 상황이 좀 나아질 터. 운현이라도 현 내에서 독을 풀어대지는 못할 테니 그때부턴 버틸 수 있으리라 봤다.

다만 현까지의 거리가 천릿길이라도 되는 듯 느껴지는 게
문제였다.

실제로 심력 소모가 너무 커서인지 무인들의 움직임이 한
없이 느려졌다. 까딱 잘못하면 독에 당해버리니 무리도 아니
었다.

"……"

탁운으로서도 마음 같아서는 재촉하고 싶으나, 밑에 있는
자들을 다루기 위해서는 그래선 안 되는 걸 알고 있는 터.

운현의 묘에 당해서 다소 퇴색되기는 했으나, 그도 용병
술에 있어 바보는 아니기에 억지로 재촉은 하지는 않았다.

하지만 그것으로도 끝이 나지를 않았으니!

*　　　*　　　*

"야습이다!"

"적이다!"

운현은 직접 움직이기 시작했다.

많은 이를 동원하지도 않았다. 오래 시간을 끌지도 않았
다. 현에 도착하기까지 남은 시간은 삼사일 정도.

그 시간을 최대한 활용하겠다고 여긴 건지, 잘도 홀로 사

혈맹 무사들이 있는 곳을 쳐들어 왔다.

길게 시간을 끌지 않았다.

'한 방이면 된다.'

크게 한 방.

후우우웅—

기를 잔뜩 끌어 올려서 던진 한 방.

권과 함께 쪼개지며 쏘아진 장력을 아낌없이 날렸다.

"컥……."

경계를 서고 있던 몇몇이 당한다.

한 번 더 날리면 몇을 더 쓰러트리는 것도 무리는 아니었
다. 그럼에도 운현은 그대로 물러났다.

"마, 막아야…… 음……."

경계를 하고 있던 자들로서는 잔뜩 신경이 곤두서다가 당
황스러운 상황.

잔뜩 준비를 하고, 맹주 탁운과 암검대의 무인들이 올 때
까지 어떻게 버텨야 하나 싶은 상황에 운현이 물러나 버렸
다.

맥이 빠지지 않으면 그게 더 이상했다.

"보고는?"

"올렸습니다. 하지만……."

"허허……."

경계를 맡은 자들의 얼굴에는 허무함만이 남아 있었다. 얼마 가지 않아서.

"어디냐!"

암검대 무사들과 탁운까지 몸소 행차를 했지만.

"……이미 물러났습니다."

"뭣? 벌써?"

운현은 이미 없다.

탁운과 암검대가 빠르게 달려왔건만 벌써 도망가고 없다니?

야습이라고 하는 것이 도주의 묘가 중요하기는 하지만 이건 너무하지 않은가.

그래도 이왕 야습이랍시고 왔는데 크게 한바탕이라도 벌이고 가는 게 상리가 아닌가. 그런데도 운현은.

"……장력 한번 흩뿌리고 갔습니다."

"허…… 그게 말이 되나?"

"하지만 실제로 일어났습니다. 실화입니다."

"하 참……."

체면이고 뭐고 아랑곳 않고, 몇의 무사들을 쓰러트리는 것으로 만족하고 갔다.

장력 한 방 날린 것에 무사 다섯이 넘게 당한 건 대단한 일이긴 하다.

하지만 고작해야 다섯이기도 했다.

아무리 사혈맹 무사들 삼분지 일이 이미 당했다고 하지만, 천은 남아 있다. 그중에서 열도 안 되는 인원을 쓰러트리자고 암습을 한다고?

암검대 같은 정예가 아니고서야 경계를 서는 자 몇을 쓰러트리는 것으로 전력을 깎아내리기는 실질적으로 힘든 일이었다.

당한 무사들 중 몇은 장력 한 방에 목숨을 잃은 건 아닌지라.

"끄으……."

얼마 가지 않아 몸을 일으킨 자도 있을 정도였다.

내상을 입은 듯 온몸이 땀으로 젖어 있기는 했으나 살지 않았는가. 죽는 것보다는 훨씬 나았다. 요양만 잘하면 나을 수 있을 내상이기도 했다.

이런 요상한 암습은 어디에도 없었다.

허나 효과는 바로 얼마 가지 않아 나타났다.

"저기다!"

"막앗!"

조금 방심한다 싶으면 툭툭 운현이 튀어 나오고. 그걸 좀 쫓아 보자고 하면.

치이이이익—

언제 또 설치했는지 추격한 지 얼마 되지 않아 독연이 터져버린다.

자신 또한 독연의 범위 안에 있음에도 운현은 중독이라곤 되지도 않는지, 잘도 도주를 해댄다.

짧게 치고 들어가는 정도가 아니라, 손바닥 뒤집듯 툭 치고 빠지기를 반복하는 운현!

명예고 체면이고 생각하지도 않는 운현의 기행은 계속됐다.

덕분에.

"……하."

"허억…… 허…….."

단순히 경계를 서고 있음에도 무사들로서는 숨 돌리기도 힘들 정도였다.

잠시만 힘을 빼고 있으면 득달같이 운현이 달려들지 않는가. 말도 안 되는 야습을 해댄다.

어떤 때는 대범하게도.

"저기!"

낮에 한번 장력을 흩뿌리고 가는 일도 있을 정도였다.

그래 놓고 잘도 가는 길목마다 독연을 터트리지를 않나. 쉬지도 않고 사혈맹을 괴롭혀댔다.

삼사일로 예정되어 있던 길이 더욱 길어져 버린다.

'차라리 이럴 거라면……'

이미 본래 예상했던 이동 시간은 훨씬 초과해 버린 지 오래.

그렇다고 사혈맹 무사들이 뒤로 물러나기도 애매한 상황이었다.

'어떻게든 처리해 낸다.'

앞도 뒤도 막힌 배수진과 같은 상황. 탁운은 물러나기보다는 앞으로 감을 택했다.

얼마 전에 암검대주에게 도착한 영물. 그 영물이 가져온 답. 단 한 글자.

'가(可).'

곧 온다는 지원만을 믿을 뿐이었다.

하급 중급의 무사들이 수없이 많이 당했지만, 실질적인 승패는 정예들이 가르는 경우가 다수인 터.

암화의 지원이 더해진다면 어떻게든 이 손해를 만회할 수 있다 여긴 탁운이었다.

일견 그의 의견은 타당한 듯 보였으나.

*   *   *

그의 적은 운현만 있는 것이 아니었다.

운현이 현 상황의 중심이라고 할 수 있는 건 사실이지만 그가 전부는 아니지 않은가.

"허허. 잘하고 있군."

"수단이 과격하지 않습니까?"

"헤헹…… 투쟁이고 전쟁일세. 여기에 과격함은 무슨. 어차피 목숨이 오고가는 대전이야."

"그렇다곤 해도…… 정파의 방식이라기엔. 으음……."

"헛소리!"

소위 정파의 무사란 자들.

어쩌면 무림의 평화에 길들여 있던 자들은 운현의 방식에 다소 염려를 하기는 했다.

암화와의 일전을 벌이지 않은 자들이 보기에 운현의 방식은 과격하긴 했다.

정파인이라면 암습보다는 정면승부를 하는 것이 상식.

다소 버거울 수 있는 상황이라고 하더라도 정면 돌파에 목숨을 걸기도 하는 자들이 다수였다. 그에 비해서 운현의 방식은.

'지극히 실리적.'

전투에서 몇 번이고 굴러먹은 낭인의 방식이라고 할 수도 있었다.

순수하게 정파인이라 할 수 있는 자들이 보기에 염려스러운 것도 당연했다.

허나 무적자나 당리개로서는 이미 암화와 수십 번도 더 넘는 일전을 벌이지 않았는가.

전투에 있어 정과 사는 없고. 목숨이 왔다 갔다 하는 상황에 과격이라는 것은 필요에 의해 사용해야 할 방식임을 확실히 알았다.

까딱 잘못하면 목숨이 사그라드는 상황에서는 실리가 최선인 걸 확실히 아는 거다.

"됐고 우리는 다음이나 준비를 하지."

"……큼. 알겠습니다."

무적자나 당리개 모두 높은 자리에 있는 터.

게다가 운현과 함께했던 오대 세가의 자제들이 가문의 힘을 빌려 둘에게 힘을 실어주고 있는 상황이다.

명문대파들에 비해 비교적 실리를 중시하는 게 세가들인터.

덕분에 약간의 잡음이 나왔어도 그 잡음마저도 금세 사그라들었다. 그러곤 다음을 향해 움직였다.

"출진하지."

"먼저 들어가는 겁니까? 선공이 될 텐데요."

"청룡검대가 들어간 순간 이미 결정이 난 바. 모든 것은 계획대로 움직일 뿐이네. 준비하게!"

"알겠습니다!"

탁운이 운현에게 집중하고 있는 사이.

모든 준비를 끝마친 무림맹의 무사들이 출진했다.

＊　　　＊　　　＊

그들은 물 흐르듯 자연스럽게 움직이기 시작했다.

운현이 시선을 끌어 준 만큼 그들로서는 편하기만 한 상황. 거칠 것도 없으니 어렵게 움직일 것도 없었다.

그대로 정면으로 전진.

"바로 감세."

정파의 영역에서 사파의 영역으로 넘어가는 건 그리 어렵지도 않은 일이었다.

거기다 운현이 그러했듯, 사파 영역에 있는 자들의 정보도 심심찮게 모아 놓은 상황이다.

어려운 일이 있으면 그게 더 이상했다.

사파의 무인들 중에서도 누구를 쳐야 할지. 어디에 그들이 대기를 하고 있는지를 속속들이 알고 있었다.

"무림맹 무사들이다!"

"연통을 넣어! 막아!"

"……많습니다."

거기다 수도 더욱 많았다.

사혈맹이 운현에 집중하는 사이, 정파는 흩어진 자들에게 철퇴를 내렸다.

사파의 영역에 정파의 바람이 불기 시작했다.

*   *   *

시작은 강서성에서부터였다.

호북에 호남이 붙어 있듯이 안휘에는 강서와 절강성이 붙어 있었다. 모두 정파와 인접한 사파의 영역이다.

강서가 선택된 것은 이상할 것도 없었다.

호남에 사혈맹의 세력이 집중돼 있으니, 그 사이를 노리는 것쯤이야 당연했다.

이전의 정파였더라면 절대 이런 선택을 할 리 없었을 거다. 허나 지금은 암화와의 암전에 젊음을 불사른 당리개나 무적자가 전권을 잡고 있는 상태다.

거리낄 것도 없다.

"둘로 나눔세."

"알았네."

"그럼 나는 먼저 가지."

청룡검대와 같이 이번에 개편된 무력대는 네 개였다. 이름은 그 전의 이름을 조금씩 따왔다.

무적자 어르신이 이름을 짓는 데는 도무지 재능이 없어 그 전의 이름을 따왔다는 운현의 평이 있지만 그 속이야 모를 일이었다.

어쨌거나 무적자는 정주대와 정무대를 이끌고 들어갔다.

나머지 두개의 무력대. 중검정대와 사무대는 자연스레 당리개가 끌고 갔음이다.

지극히 실리적인 방식으로 치고 들어갔다.

진시(7~9시).

야습이라고는 하기에는 해가 떠오르기 시작한 지 오래. 하지만 전쟁을 벌일 것이라고는 생각도 못 할 그런 시간이다.

정사의 대전이 격화되고 있는 상황이니 열두 시진 모두 경계를 해야 함은 당연하지만.

"고리타분한 정파 아닌가."

"명분밖에 모르는 까막눈 자식들."

정파의 바보 같을 정도로 우직한 방법에 익숙해져 있던 사파인들에게 이런 침입은 허를 제대로 찌르는 셈이었다.

뒤에서 몰래 벌어지는 암투를 제외하고, 앞에서 이뤄지는 수면 위의 대전에서 정파는 언제나 정석을 택했었다.

소위 사파가 말하는 멍청한 정석.

어느 날 어느 시에 쳐들어 갈 터이니 대전을 준비하라. 혹은 비무를 준비하라고 하는 그런 짓을 잘도 벌였다.

모두가 그러지는 않기야 했지만, 이런 식으로 정석적인 방식을 택하는 걸 명예로 여기는 자도 있었다.

그런데 그런 그들이 이런 식으로 치고 들어올 줄이야.

"뭐, 뭐야? 저기!"

"어어?"

정파인들이 몰려오는 것을 보고 처음 사파의 무사들은 이게 무슨 일인가 하고 멍한 표정을 지었을 정도다.

"우와아아아!"

멀리서부터 이어졌던 먼지 구름이 점차 가까워지기 시작하고. 사람이 보이기 시작하며 그들 사이에서 우렁찬 울음이 울려 퍼지기 시작했을 때.

"벌하라!"

"더 빨리!"

경공을 펼치면서 날랜 몸을 이끌고 달려오던 그들이 시야에 꽉꽉 눌러담겨서야 사파인들은 깨달았다.

"쳐들어 왔다!"

"정파가 왔어!"

피유우우우우욱!

먼 곳에서도 볼 수 있는 폭약을 신호탄으로 날리고.

데에엥— 데에엥— 데엥—

멀리까지 소리가 울려 퍼지는 커다란 종을 울려 퍼트렸지만, 이미 늦었다.

전쟁은 정보전. 미리 쳐들어오는 것을 대비해도 늦을 수 있는 것이 전쟁인데 적이 쳐들어와서야 준비를 한다?

퍼어어억—

"컥……."

"어르신!"

"여기는 내가 맡지."

"무리하면 안 되십니다?"

"아직은 현역이야!"

퍼억—

무적자가 날리는 주먹을 사파의 문지기가 막지 못하는 것처럼. 달리 막을 수가 있을 리가 없다.

그만큼 정파의 기습 아닌 기습은 시의적절했다.

"달려가기나 해!"

"명 받잡지요!"

무적자가 진을 치려는 사파인들의 사이에 뛰어들어서 양떼 속을 휘젓는 맹수처럼 날뛰는 동안.

"우리라고 질 수 있겠습니까. 따라 오쇼!"

사파인들 못지않은 걸쭉한 목소리를 내면서 무인들을 이끄는 당기재가 있었다.

무력대의 무인들이 말도 안 되는 텃세를 부린다고 하면서 부상을 달고 살던 당기재이지 않은가.

매일같이 금창약을 사용하고, 내력을 보충해 주는 영약을 밥 먹듯 씹어가면서 버텨왔던 그였다.

그 성과가 있었던 건지.

"갑니다! 가요!"

"어이쿠."

정파인이면서도 그답게 자유분방하기만 한 자신과 비슷한 자들을 자신의 사람으로 포섭하는 데 성공한 듯했다.

"따라 올 수 있으면 따라오든가!"

"헹!"

어쩌면 당기재 특유의 성격이 그들을 물들였을지도 모를 일이지만. 어쨌거나.

푸욱—

후우웅—

그들은 자유분방함만큼이나 빠르게 검을 놀렸다. 일부는 같은 당가 출신인 건지 당기재처럼 독을 흩뿌리는 자들도 있었다.

그 성과는 바로 나타났다.

"커억……."

"독…… 독이……."

금세 중독이 됐다.

전설상에서나 말하는 만독불침. 아니 현실적으로 백독불침만 해도 거의 없는 터.

전장에서 독은 치명적일 수밖에 없었고, 그걸 전문적으로 사용하는 당가의 사람들의 손은 매서웠다.

"거 조심하쇼! 중독되는 거 아니오?"

"안 옮아!"

과연 당가. 아주 미세한 통제까지 성공적으로 해내고 있었다.

특히 운현과 비슷하게 기감을 익히는 데 성공한 당리개가 제일 매서웠다.

그는 가장 많은 독을 흩뿌리고, 가장 많은 자들을 쓰러트리고 있었다. 그러면서도 주변에 함께하고 있는 같은 정파인에게는 일절 독이 가지 않게 하고 있었다.

절륜!

독에 휘둘리는 것이 아닌, 자신의 손 아래에 독을 두고 통제를 한다.

적재적소에 독을 흩뿌리고 그 독을 회수해서 다시 재활용하기까지 하는 당기재의 모습은 당가에서 말하는 독인의 그

것에 가까웠다.

당장 전설상의 경지가 아니더라도, 후에 시간이 흐른다면 그가 당가의 최고수가 될지도 모를 일이다.

그도 직계에 가까우니 어쩌면 다음 대 당가의 가주가 될 수도 있음이었다.

스악—

그의 손길이 이어질 때마다, 발 한 보 한 보가 선을 그려 갈 때마다 픽픽 사람들이 쓰러져 간다.

독로(毒路).

독으로 이어지는 길을 만들어 낸다.

"허어……."

"저 아이가 저리 컸는가."

뒤에서 혹은 일선에서 당기재와 같은 길을 걷고 있는 당가의 무인들.

그들이 더 놀랄 정도였다.

당기재처럼 독을 익히는 자들이기에. 손쉽게 휘둘러 보이는 당기재의 손에서 그 깊이를 읽어낸다.

그만큼 그의 무위는 뛰어났다.

운현이 없는 사이 그 경지가 더욱 올라간 것이 분명했다. 자극을 받듯 계속해서 위로, 또 위로 올라가고 있었다.

하지만 정작 그는.

'아직 멀었어.'

그 자신이야 운현에 비해서는 아직 멀었다고만 느낀다.

'화경도 못 됐지. 멀기야 하지만. 흐으.'

운현이라는 자극제가 있기에 만족을 할 줄을 몰랐다.

비록 운현과의 경지는 꽤 차이가 나지만, 그는 좌절하지 않고 있지 않은가. 그 자극을 자신의 발전을 위한 것으로 할 줄 알았다.

그렇기에 그는 계속해서 강해졌고.

"……진을 구축한다!"

"내가 맡죠."

"어엇?"

언제나 앞으로 나아간다.

"막아!"

"저 육시랄 정파 놈들을 회 쳐 버리라고!"

썩어도 준치라고. 뒤늦게라도 나서서 방어진을 만들어 내는 사파인들의 한가운데에 자신의 몸을 날린다.

그 가운데에 들어가.

"어딜!"

"육시랄 놈!"

"……육시라."

후우웅—

독을 흩뿌려 들어간다. 사파인들의 걸쭉한 입담에 딱 알맞은 고통을 줄 만한 독.

"이게 육시(戮屍)겠지."

"……커읏."

육시. 죽은 사람의 시신을 묘에서 파내 머리를 베고, 팔, 다리, 몸통을 조각조각 여섯으로 잘라내어 흩뿌려버린다는 참형.

죽어서도 죽지 못하게 한다는 잔혹한 형벌.

"……죽어."

그것을 독으로서 구현한다.

살았음에도 산 것이 아닌 상태. 죽음보다 더한 고통을 느끼고 몸이 여섯 조각으로 나뉘는 듯한 고통을 적에게 안겨준다.

"……."

너무 고통스러우면 비명도 지르지 못한다고 하던가.

방진을 형성했던 사파의 무인들은 입도 벌리지 못한 채로, 신음도 흘리지 못하고 그대로 죽어간다.

"……거. 저 당가 놈도 괴물 아니오? 신의만 괴물인 줄 알았습니다만은……."

"흐……."

같은 아군조차도 질릴 만한 괴경(怪景).

그 괴경의 길을 만들어가며 앞으로 전진해 나간다. 당기재가 걸어가는 길만이 있는 것은 분명 아니었다.

*   *   *

새로운 무림사화라고 불리는 여인 둘.

남궁미와 제갈소화. 한쪽은 현숙함으로, 다른 한쪽은 청초함으로 피어가고 있는 가운데에서도.

그 검만은 점차 날카로워져 가는 그녀들이었다.

그녀들이라고 해서 일선에서 물러나 있을까. 여인의 몸이라고 해서 자신들을 보호해 달라고 할 만큼 그녀들은 여리지 않았다.

되레 여느 사내들보다도 더 강직한 게 그녀들이었다.

그렇기에.

스아악—

검을 날렸다.

한쪽은 남궁가의 검, 다른 한쪽은 제갈가의 검이었다.

제왕의 검이라는 남궁의 검. 하늘을 담은 남궁가의 검과 세상 모든 이치를 담는다는 제갈가의 검은 분명히 다른 터.

"······아직 모자라."

"물론이죠."

하지만 이 둘은 전장의 한가운데에서 서로의 뜻을 나누면서 검을 휘두를 줄 알았다.

그 검은 매끄럽다 못해서, 서로 합을 맞추는 데 차고도 넘칠 정도였다.

서로가 서로를 보지 않아도 그 뜻을 알았다.

"어서 닿으려면……."

서로의 내심이 무엇인지 알았다. 바라는 것이 무엇인지 알았고, 서로가 위로 올라가기 위해서는 어찌 검을 휘둘러야 할지를 알았다.

스아악―

한쪽아 좌를 베면 다른 한쪽은 우를.

한쪽이 공격을 택하면 다른 한쪽은 그 보조를. 그도 아니면 완벽에 가까운 방어를 그려내는 데 성공한다.

"여기부터 처리해야 하지 않겠어요?"

"네!"

그만큼 그녀들의 검은 표홀했다.

"후후. 이번에도 두고 간 걸 후회하게 해줘야죠."

"……물론이죠."

다만 어째 그 방향이 조금은 삐뚤어져 있는 듯도 하지만 어쩌겠는가.

운현이 저지르고 있는 죄(?)가 깊디깊은 것을!

운현으로서도 피할 수 없을 것으로 보이는 이 검. 여인들의 한(?)이 담긴 검은 매섭디매서웠다.

"계집들이!"

"이리 와서 핥…… 컥."

사파인들이 감히 입을 놀리기도 전에 검부터 놀려졌다.

베었고. 잘라냈으며. 생을 앗아갔다. 질기디질긴 생을 아주 짧고 간단하게.

"더 들어가!"

그 기세를 몰아 정파인들은 강서성의 사파인들을 확실하게 치고 들어가기 시작했다.

정보. 기세. 무력. 경험. 그 무엇 하나 모자라지 않은 상태. 암화와의 대전으로 벼려지다 못해 완전히 새하얗게 빛나고 있는 자들의 활약 속에서.

"밀어붙여!"

사파인들의 패색은 짙어 보이기만 했다.

第十二章
진득한 욕망

한창 전투가 벌어지고 있을 그 상황.

"흐음……."

그 상황을 죄(?) 많은 운현은 여러 가지 경로를 통해 확실히 전해 듣고 있었다.

'확실히 빨라.'

경로가 많은 만큼 혼선이 있을 법도 하건만 전혀 없었다. 이들은 빠르며 유능했다.

서로 다른 시각에서 가져다주는 정보지만 모두가 훌륭했다. 마치 그가 있는 호남성 전체를 한눈에 바라보는 듯했다.

사혈맹이 있는 곳. 그들 전부는 아니라도 구 할 이상은 파악할 듯 보였다.

문제는 그 남은 일 할. 어쩌면 일 할이면서도 전부일 수도 있는 것.

'남은 건 암화의 방식으로 막고 있는 것이겠지.'

하오문. 개방. 동창을 동원해서도 알기 힘든 것들은 누구의 작품인지는 뻔했다.

숨는 데 도가 튼 자들. 암화다.

'하여튼 대단해.'

어디서든 숨어들며, 어디든 정보를 교란할 줄 안다는 것. 대단한 능력이었다. 그 능력을 좋은 데만 할애했어도.

'역사가 달라졌을지도.'

운현이 아는 전생의 지식들이 전부 달라졌을지도 모른다. 아니 거의 확실히 달라졌을 거다.

'하긴……'

능력을 가졌다고 그 능력이 언제나 옳은 일에 쓰이는 건 아닌 법이다.

자신조차도 엮이지 않았더라면 여기까지 오지 않았을지도 몰랐다.

'……그러니 확실히 해야 하는 건데.'

정보를 알아오는 자들이 계산을 하는 역할까지 할 필요는 없었다.

그건 그들을 상대하는 운현의 역할이었다. 정보를 이용해서 적들을 확실하게 방해해야 했다.

좀 더 노골적으로 말하자면 죽여야 했다. 세를 줄이면 줄일수록 유리했다. 암화의 팔다리가 된 사혈맹의 발목을 잡는 거니까.

'아직…… 아직이다.'

지금까지도 분명 잘해 왔다. 그럼에도 운현은 갈증을 느꼈다.

"……여기까지 하고 물러나는 게 어떻겠습니까? 성과는 좋습니다."

"저도 그게 좋을 듯합니다. 곧 저들도 마을에 도달합니다. 그때부터는 판세가 달라질 겁니다."

반대로 같이 있는 무사들은 전혀 아닌 듯했다. 이 정도에 만족해도 좋다 여겼다. 무리도 아니다.

독을 풀고, 미친 듯이 괴롭혀 왔다.

무려 삼분지 일.

사혈맹주 탁운의 무인들을 줄이는 데 성공한 수다.

죽은 자도 다수. 부상당한 자는 더 많았다. 일부는 회생불가 판정을 받고 버림받기까지 했다. 덕분에 현재 탁운 쪽의 사기는 상상 이상으로 떨어져 있었다.

"한계 아니십니까."

"맞습니다. 몸은 어찌 버티셔도 정신이……."

"……."

그만큼 운현도 움직였다. 선천진기에 황궁에서 얻은 의술, 본디부터 익힌 침술을 응용까지 해서 자신의 몸을 돌렸다.

선천진기가 아무리 최상의 진기라지만. 수없이 많이 움직였으니, 지치는 것도 무리는 아니다. 아니 완전히 무리가 가긴 했다.

'……으음. 상태가 좋지 않긴 하지.'

내력은 언제나 완벽하다. 부족한 것조차 영약으로 보충했다.

몸 또한 차고 넘치는 내력으로 보했다. 내공 만능은 아니지만 적어도 육체에 관해서만큼은 만능에 가까웠다.

화경의 경지에 이르러서 세밀한 조절이 되니 몸을 최상으로 만드는 건 더욱 쉬웠다.

괜히 고수일수록 몸의 상태가 항시 최상인 게 아니었다. 미친 듯이 굴려도 몸 자체는 유지됐다.

문제는 무인들의 말대로 정신.

그들을 괴롭힌 만큼 같이 잠이 들지 못했다. 장력 한 번 날리기 위해서 심력소모를 했다.

당한 사혈맹 입장에서야 운현이 동에 번쩍 서에 번쩍이라지만, 그 상황을 만들기 위해 운현도 꽤 고군분투했다.

그들이 움직일 자리를 보고. 긴장하고 있는 보초들을 뚫고. 혹시 모를 일에 대비하여 미리 도주로까지 확보하는 건 분명 쉬운 일이 아니었다.

추적술을 배운 바가 있다지만 깊게 배우지는 못했다. 그나마 배운 것으로 꽤 도움이 됐다 할 정도일 뿐이다.

'아쉬운 일이지.'

그때 사우로부터 더 배웠더라면 좀 더 쉬웠을 텐데.

하기는 여기까지만 하더라도 기적이었다. 물러난다고 해도 누가 뭐라 할 자가 없었다. 그만큼 운현은 해냈다.

하지만.

'……하나 걸린단 말이지.'

무려 세 곳에서 보낸 정보. 개방, 동창, 하오문. 각각의 특색에 따라 보내 온 정보에서도 알아내지 못한 부분이 있다.

슬쩍 넘기자면 넘길 수 있지만 계속해서 그의 촉을 세우게 하는 부분이 있었다.

정보가 일부 빈다. 빈 정보 사이로 미묘하게 가려져 있는 정보가 보인다. 마치 위장이라도 해 둔 듯했다.

'……아직 암약은 한다 이거겠지.'

세 곳의 정보 조직. 운현이 쥐 잡듯 잡는다 했지만, 지금껏 계속 첩자들이 걸려드는 것처럼 아직 살아남은 첩자들이 있는 게 분명하다.

그들 첩자들이 목숨을 걸고 정보를 교란시킨 게 적어도 운현의 눈엔 보였다.

'그들 처리하는 건 나중⋯⋯.'

다른 자라면 보이지 않을 곳이지만, 암화와 수없이 엮인 운현만은 그게 보였다. 그러니 쉽게 물러날 수가 없었다.

"흠⋯⋯."

내려다보느라 숙였던 고개를 드는 운현이었다.

걱정, 염려, 자부심. 여러 감정이 어린 시선으로 그를 바라보는 무인들이 보인다.

운현이 움직이는 동안 뒤를 봐줬던 자들이다. 주 활약은 운현이 했으나 이들이 없었더라면 운현도 그런 막무가내식으로 보이는 작전은 힘들었을 거다.

저들을 보고 있자니, 번뜩 떠오르는 생각은 분명 있었다.

'⋯⋯될지도?'

작전이란. 아니 전투란 언제든 적의 허를 찔러야 효과가 극대화되는 법.

'생각보단 이르긴 하지만⋯⋯ 언제고 아낄 수만은 없지.'

번뜩 생각이 든 운현은 행동하길 주저하지 않았다. 그가 원하는 상황은 아니었지만, 지금 그가 하는 것은 전쟁과 같았다.

모든 걸 걸고, 지는 자는 모든 걸 잃으니 이게 전쟁이 아니면 또 뭔가. 언제나 원하는 대로만 움직일 수는 없는 법이었다.

"잠시 모여 보시지요."

운현의 눈이 반짝인다. 그의 말에 모두가 귀 기울인다.

"오……."

모인 무인들도 처음에는 당황한다. 그러다가 이내 자신들이 원하는 때가 왔음을 직감했다.

운현은 원하지 않으나, 운현을 따르는 이들은 원할 수밖에 없는 일이었다.

같은 상황에 서로가 생각하는 게 달랐다. 어쩌랴. 고칠 수도 없는 상황이다.

촌각이라도 아껴 움직이는 게 나았다.

"……먼저 움직일 테니 조심들 하시지요."

"걱정하지 마십시오! 최선을 다할 겁니다."

"암요. 드디어입니다. 드디어."

운현은 걱정이 가득한데, 떠나는 운현을 마지막까지 바라보는 검대의 무인들은 흥분이 가득했다.

"그럼 저희도!"

모두가 움직이기 시작했다.

* * *

사방이 고요했다. 안에 가득 찬 사혈련의 무사들 덕분인지 그 흔한 벌레 소리도 들리지 않았다.

때는 술시(19~21시). 부지런한 농부면 벌써 잠이 들 시간이었다. 무인이라도 휴식을 취할 만한 시간.

강행군과 운현의 끊임없는 견제.

이 둘로 평소라면 지쳐 곯아떨어져야 함이 맞았다.

기습에 반응하는 것도 한두 번이다. 다소 희생이 있더라도 휴식을 취하는 게 사혈맹 전체로 보면 옳았다.

보초를 서는 자들을 희생하고, 대다수의 무인은 전력을 보존하는 것.

다소 냉정한 계산을 한 탁운이 내린 결론이었다.

그래도 사기가 떨어지는 건 마찬가지지만, 적어도 희생은 줄일 수 있었다. 다만 그럼에도 피해는 분명 누적됐지만.

탁운이 이를 바득바득 갈았음은 물론이다.

사혈맹의 무사들도 현 상황이 마땅찮았는지 운현이라면 두려움과 함께 조금씩 이를 가는 자들도 있긴 했다.

적어도 독종이랄 수 있는 자들은 분명 그랬다.

그런 사혈맹 무사들이 오늘만큼은 휴식을 취하기는커녕 모두 작게 흥분해 있었다.

술시 이전 신시(15~17시)에 오랜만에 제대로 된 보급을 받아서 그럴지도 몰랐다. 현은 가까워졌고 덕분에 매 끼니 독에 대한 걱정을 덜어낼 수 있었다.

일부 정찰대를 보내 가까운 현으로부터 공수를 해 온 덕이다.

이제 곧 정찰대가 다녀온 곳과 가까워질 터. 무리하면 세 시진 정도면 도착할 거리에 작은 마을까지 있을 정도였다.

그런데도 더 가지 않고 대기를 하다니. 이곳까지 오면서 걸음을 재촉한 것과는 정반대의 모습이다.

그럼에도 모두 흥분하고 있었다. 흥분하면서도 동시에 침묵을 지키니 기괴하기만 했다.

그러던 어느 순간.

"옵니다!"

누군가 작게 외친다. 흥분에 가득 차 있었다. 그 목소리가 크지만은 않았지만, 침묵 어린 상황 속에서는 충분히 들리고도 남음이 있었다.

"……."

침묵은 여전하다. 허나 자신도 모르게 튀어나갈 듯 몸을 젖히는 자들도 있었다. 암검대의 무인들이 특히 그랬다.

"……아직. 아직이다."

암검대주의 묵직한 음성이 없었더라면 몇은 더 버티지 못하고 튀어나갔을지도 몰랐다.

대주라고 해서 참고만 있는 건 아니었다.

조심스레 단전에 있는 기를 끌어 올리고. 소리도 나지 않게 조용히 검을 꺼내들 정도였다.

검날이 검었다.

달빛이 검에 반사되는 것도 막기 위함인 듯했다. 암살자가 아니고서야 하지 않는 일이었다.

검을 제 몸처럼 아끼는 암검대주였다. 그가 자신의 애검을 이리 칠했으니, 그 각오가 어떠할까.

"……."

"……."

모두가 비슷한 마음이었는지 침묵을 지키면서 자신의 애병을 준비할 뿐이었다. 모두가 검게 칠해져 있었다.

상황을 아는지 모르는지. 아니 그의 경지라면 충분히 알텐데도 불구하고 상대는 걸음을 멈추지 않았다.

'거만. 혹은 자신감이겠지.'

탁운은 어느 쪽이든 상관없었다.

맹수라도 되는 듯 휘젓던 상대를 잡기만 하면 되었다. 사십 장. 삼십 장. 이십 장. 십오 장. 가까워진다. 언제나처럼 빠르다.

탁운의 대답도 빨랐다.

"지금!"

"……."

말이 끝나자마자 반응이 왔다. 획하고 소리를 내며 도포 자락을 날리는 자가 있었다.

검은 검. 검은 옷. 탁운 못지않은 기세. 암검대주였다.

검은색 일색인 가운데 얼굴만은 벌겋게 변해 있었다. 그만 큼 흥분한 것이 분명했다.

화악.

마주할 시간도 아깝다는 듯 이젠 내공까지 죄다 불어 넣 었을 정도다.

그 시커멓던 검도 내력이 불어넣어져 어느샌가 검은 때가 벗겨지고 얼굴색과 같은 시뻘건 색으로 변해 있었다. 검강이 다.

아무리 운현이라도 쉽게 받아내기 힘든 강기다. 그럼에도 운현은.

'역시.'

기다리고 있었다는 듯 자신도 검을 뽑아들었다. 새하얗다 못해 신성해 보이기까지 하는 하얀 검강을 같이 꺼내 들 뿐 이었다.

서로가 마주했다.

第十三章
마주하다

쾅!

단순한 부딪침이다. 그러나 결과는 단순치 않았다. 굉음
이 터진다. 한 번의 부딪침에도 그 충격파가 컸다.

"윽……."

경지가 떨어지는 자, 깊이가 없는 자들은 버티지 못하고
신음을 흘릴 정도였다.

그만큼 강렬했다.

옆에서만 봐도 살이 떨리는데 그 한가운데 있는 자들의
압박감은 얼마나 클까.

'……강하다.'

암검대주는 검을 마주한 운현의 강함을 느꼈다. 원한과 분노, 열의 그 모든 것들이 잠시 잊혀질 만큼 강렬했다.

운현의 검에 어린 깊이는 깊었다.

'역시 강한데……'

운현 또한 마찬가지. 상대의 강함을 느꼈다. 서로를 느꼈다.

후우웅—

계속해서 서로에게 검을 휘둘렀다.

초식명을 말하지도 않았다. 상대를 교란하듯 환검을 날리지도 않았다. 너무도 정직한 일검으로 서로를 향해 휘두른다.

얕은 잔수 따위로 상대를 흔들 수 없음을 알기 때문이다.

휘두름.

가벼워 보이지만, 그 안에는 한없이 무거운 깊이가 담겨 있는 검을 휘두른다.

초식을 외우고, 초식의 응용을 외우고, 검을 한없이 휘둘러 왔던 것은 바로 지금을 위함!

격전 중 단 한 수의 깔끔함을 위하여, 상대의 허를 찌르는 순간을 위하여 휘두르고 또 휘둘러 지금의 경지에까지 온 것이다.

콰앙!

쉼 없이 초식이 오고간다.

"둘러싸라! 정신 차리고!"

"······아."

그 화려하고도 장대한 순간. 검사로서 아니 무인 그 자체로서 경이를 느낄 수밖에 없는 무거움에 주변을 둘러싸던 사혈맹의 무사들 모두가 주춤거릴 지경이었다.

넋을 뺏겼었다.

탁운은 그런 둘의 대결에서도 용케 정신을 차려 명을 내렸다.

"우, 움직이자고."

하지만 모두 탁운만큼은 아니었다.

재빠르게 움직이기에는 암검대주와 운현이 보여주는 일전이 너무도 무거웠다.

감히 저 둘을 둘러싸려 하는 것만으로도 발걸음이 떨어지지 않을 정도였다.

검강을 처음 보는 것도. 검수들끼리의 대전을 처음 보는 것도 아니건만!

이 둘의 대결에는 알 수 없는 뭔가가 있었다.

그걸 아는지 모르는지.

"······."

"······."

대주나 운현은 서로 침묵을 하며, 부딪칠 뿐!

보법을 펼쳐 잠시 거리를 벌리다가 이내 거리를 접어버린다. 서로의 거리가 영(零)이 될 때는 서로의 검이 부딪칠 때!

검이 부딪칠 때마다 터지는 충격파와 함께 상대의 깊이를 계속해서 느낀다.

암검대주는.

'……대체.'

갈수록 수렁에 빠지는 느낌이었다.

'이게 가능한 일인가.'

운현으로부터 느껴지는 깊이. 삶, 궤적, 그 무엇 하나 깊지 않은 것이 없었다.

바로 앞에서 마주한 것은 오늘이 처음이나, 때로 검과 검의 교류, 목숨을 건 대결의 장이란 건 그 이상의 많은 것을 주고받는 것이지 않은가.

삶 그 자체를 주고받고 의를 주고받는다.

특히 고수들.

자신의 의념(疑念)을 검에 실을 수 있는 자들은 검과 검이 단순히 부딪치지 않는다. 의지를 읽는다. 의지가 표면화된 검강의 위력을 몸으로 느낀다.

자신의 사지와 같은 검으로 자신의 의지를 표하는 것이 고수다.

그렇기에 암검대주는 확실하게 느낄 수 있었다.

'괜히 중심이 아니란 건가.'

반수. 아니 어쩌면 한 수 위다.

'……그 방법이라면……'

필사의 수를 사용한다면. 단 한 수. 자신의 스승이 고안한 그것을 사용한다면 또 모른다.

하지만 지금 이 상태로는 자신이 밀린다.

갈수록 자신의 내력은 빠르게 고갈되어 감에도, 운현은 내력은 고갈이란 것이 보이지 않는다.

싸울수록 더 힘이 넘치는 듯했다.

전장에서 사는 전귀(戰鬼)들. 전검을 익힌 자들은 전장에서 강해진다더니!

암화와 수없이 얽혔던 운현도 전귀의 방식을 익혀버린 것일지도 몰랐다. 아니면.

'본디부터 강하거나.'

강함. 그 자체를 어떤 식으로든 가지는 데 성공한 것이 분명했다.

콰앙!

그만큼 운현의 검은 묵직했다.

스아아악—

또한 예리했다. 적재적소. 순간을 치고 들어오는 감각이

아수라 밭에서 살아남았다 자부하는 암검대주를 능가하는
듯했다.

'대체……'

필사의 수를 사용한다면 또 모르겠지만, 운현 또한 필사
적이지는 않아 보였다.

그만큼 운현의 검은 두텁고 무거웠다. 또한 예리했다.

예리함과 무거움. 쾌검이자 중검. 모순되는 속성이 전부
그의 검에 깃들어 있는 듯했다.

묘수를 나누는 사이.

"어서!"

그 사이에도 사혈맹의 무사들은 운현을 둘러싸기 시작하
긴 했다. 떨어지지 않는 발걸음을 이끌어 운현을 둘러쌌다.

시작이 어려울 뿐이었다.

열. 이십. 삼십. 점차 많은 수가 운현을 둘러쌌다. 암검대
의 무인들도 함께였다. 세상 그 무엇보다 두터워 보여야 하
건만.

'모자라다!'

암검대주가 느끼기에는 한없이 모자랐다.

그가 검을 나누고 있는 운현의 무거움을 감당하기엔 이
정도로는 안 됐다. 진이라도 만들어야 했다.

"방진을 짜!"

"차륜전을 준비한다!"

허접한. 이제 막 만들어진 그런 진이 아니라, 소림사의 백 팔나한진. 아니면 적어도.

'암충무마진이라도……'

암검대가 필사의 심정으로 준비하는. 모두의 희생을 담보로 하는 진이라도 구상해야 함이 옳았다.

그것을 전달하고 싶었다. 어서 더한 진을 준비하라고. 하지만.

"한눈을 팔아서야……"

스아아악—

촌각의 흐트러짐도 운현은 허락하지 않았다. 잠시 신경이 분산된 그 사이에도 제대로 치고 들어온다.

순식간에 거리를 좁힌다. 검을 휘두른다. 그 검에 예리함이 실렸다. 뭐든 베는 살 떨리는 예리함이었다.

"큿……"

"호오."

임기응변으로 옷자락이라도 대주지 않았다면 팔이 날아갔으리라!

한 치만 더 들어가도 검이 닿았을 거다. 그대로 왼손이 분쇄가 되어버렸을지도 몰랐다.

오른손으로 검을 쥔다지만 왼손도 전력의 하나.

양손을 최대한 활용함에도 이길 수 있을까 말까 한 운현을 상대로, 손이 날아간 채 상대를 한다? 생각만 해도 아찔한 암검대주였다.

"훗."

그 뒤로는 완전히 수세로 몰린다. 한번 잡은 기회를 운현은 놓치는 법이 없었다.

후우웅—

계속해서 검을 휘둘렀고 암검대주를 압박해 갔다. 그리고 검을 휘두르면 휘두를수록.

'가벼워지잖아?'

암검대주의 가벼움을 읽었다.

사람이 가볍다는 것이 아니었다. 사람은 진중했다. 자신과 비슷해 보이는 나이였다. 그럼에도 이 정도의 검력(劍力)이라니.

'흉내…… 아니 거의 진짜에 가까워.'

만들어낸 검강도 분명 강했다. 어지간한 고수는 일검에 두 토막이 날 정도다. 허나.

'가벼워. 부족하다.'

가장 먼저 검을 부딪치는 운현은 느꼈다.

'……인위. 말도 안 되지만.'

상대의 검은 흉내다.

검강을 뽑아내고. 그에 어울리는 보법, 경공을 펼치지만 그 또한 흉내다.

마치 그림자가 절대 고수의 검력을 흉내라도 내는 듯했다.

깊이라고 해야 하는 것이 느껴짐에도 그 깊이가 점차 줄어든다.

처음에는 어마어마한 검력에 착각을 했다. 자신만큼 강력한 자인가 했다. 하지만.

'아냐.'

바로 앞에서 검을 마주하기에 확실하다. 저건 흉내다. 절대고수. 어쩌면 사특한 이가 만들어낸 방식.

'역시 썩어도 준치란 건가……'

대의. 혹은 희생. 같은 조직원까지도 잡아먹는 자들.

그런 암화의 총화가 어쩌면 눈앞의 사내에게 완전히 녹아들어 가 있는 걸지도 몰랐다. 사내는 분명 만들어진 자였다. 확실하다.

허나 그와 동시에.

'……천재다.'

전생의 경험을 토대로 강해진 자신과 다르게 이자는 진짜다.

10년. 아니 5년만 더 있었더라면? 저자 대주는 흉내내듯 배운 무게를 진정으로 감당해 낼 듯 보였다.

지금은 자신이 흉내내는 것만으로도 벅차하지만, 시간이 조금만 더 지났더라면!

이런 식으로 모습을 드러내지 않았더라면, 운현에게 있어 일생일대의 숙적이 될 수도 있었다. 어쩌면 자신을 뛰어 넘을지도 몰랐다.

지금 이 순간에도.

'조금씩 강해지고 있어.'

스으.

순간 운현은 자신도 모르게 살기를 돋워 냈다.

"흐……."

검을 마주한 암검대주로서도 당황할 만한 살기였다.

'무리를 해서라도 지금 보내야 하나…….'

자신도 모르는 새 피워 올린 것이었다.

이런 식으로 살의를 느낀 건 처음이었다. 지금 자르지 않으면 이자는 지금 벌인 자신과의 대결을 자신의 것으로 녹일 거다.

그리곤 더욱 강해지겠지. 이곳에서 죽이지 않는다면 암검대주는 암화의 우두머리라는 자 이상으로 강력한 숙적이 될지도 몰랐다.

하지만.

'……아직은 아니야.'

지금은 때가 아니었다. 다소 무리를 하면, 약간의 손해를 감수한다면 암검대주를 죽이는 데 성공할지도 몰랐다.

하지만 주변을 느껴보라.

"……후읍. 후."

"흐으……."

신음을 흘리면서도. 몸은 덜덜 떨면서도 운현의 주변으로 수십이 넘는 무인들이 둘러싸고 있었다.

지금껏 살아남은 사혈맹의 무사들이었다. 진을 짜고 있었다.

운현을 죽이기 위한 준비였다. 시간이 지날수록 점차 조여져 간다. 철옹성이 되어가고 있었다. 그래도.

'아직은 있다.'

다른 이들은 보이지 않았지만, 운현은 보였다. 기감으로 사이사이의 틈을 느낄 수 있었다. 아주 작지만 빠져나갈 틈이다.

"죽엇!!"

그 짧은 사이. 운현이 잠시 주변을 살핀 사이에 전의 복수라도 하는 듯 암검대주가 크게 검을 휘두른다.

후우웅—

주변의 공기가 절로 찢어질 정도로 두터운 검이었다. 붉은 빛의 검강은 전보다 더 요요하게 빛나고 있었다.

절체절명으로 보이는 상황. 허나 운현은 목숨의 위기를 느끼기는커녕.

'……우선은 작전대로. 이 정도면 충분히 끌었어. 이만한 미끼가 또 있을까.'

아직 여유가 있었다. 결정을 내렸다. 암검대주를 향한 살의를 접었다. 그 대신에 물러난다.

"……헛짓."

크게 한 방을 날린다. 운현의 검 또한 크게 휘둘러진다.

우우웅―

검과 검이 부딪친다. 강한 힘!

사람 몇십은 찢어죽일 검력이 실려 있으나, 딱 암검대주의 공격을 막을 만큼의 검력이었다.

콰아앙!

검력과 검력의 부딪침이 충격파를 만든다. 지금까지 중 가장 큰 충격파였다. 기운이 비산한다.

"어엇!"

검강끼리 부딪친 파편에 잠시지만 주변이 흔들릴 정도.

"아아악!"

"내 팔!"

재수 없게 파편에 맞은 자는 복부가 뚫린다. 팔이 잘려버린다.

그걸 이용하는 쪽이 있었으니, 바로 운현이었다.

검력끼리의 부딪침. 부딪침으로 만들어진 반발력을 이용하여 운현은!

"……먼저 가지."

순식간에 암검대주와의 거리를 벌려 버린다. 반발력에 운현의 내력. 그도 모자라 적들은 생각지도 못했던 판단이었다.

갑작스런 도주라니!?

"……!"

암검대주의 눈에 놀람이 서린다. 여기까지는 그도 계산치 못한 게 확실했다!

'……미친!'

일생일대의 대전. 죽이 되든 밥이 되든. 설사 자신이 밀린다고 하더라도 끝을 보자고 하였거늘.

이제 막 흥이 올라오기 시작하는데 도주라니!

이 무슨 닭 쫓던 개가 된 격이란 말인가!

"놓칠 줄 알고!"

운현이 단순히 도주만 하려는 생각일까?

'……그 뒤 무언가가 있겠지.'

바보가 아닌 이상에야 모를 리가 없다. 모르는 게 사실 이상한 일이었다.

무림맹에서 현재 가장 최고의 미끼. 이 일의 중심이랄 수 있는 운현만 한 자를 미끼로 썼는데 그 뒤에 함정이 없겠는가!

모르는 게 말이 안 된다!

하지만 때론 알면서도 당할 때가 있었다. 여기서 놓치면 다시는 운현을 잡지 못할 것 같은 직감이 든 암검대주였다.

이성적으로는.

"훗."

저 재수 없는 웃음을 짓고 가는 운현.

"……어억!"

양 떼 안에 늑대가 들어온 듯 순식간에 자신을 둘러싼 사혈맹 무인들에게 검을 휘두른 저자를 놓아주는 게 맞을지도 몰랐다.

약 올리듯 적당히 거리만 벌리는 게 훤히 보였다.

'가면 당한다.'

하지만 가게 된다. 다소, 아니 아주 많이 어리석을 수 있다는 걸 알지만 암검대주는 대놓고 속을 수밖에 없었다.

그는.

"안 돼!"

저기서 안 된다 외치는 탁운의 명보다도 자신의 감을 더 신봉했다.

감. 남들은 쉽게 넘기는 거지만 암검대주는 그 감 하나로 여기까지 살아남을 수 있었다. 믿고 바로 실행했다.

그가 외쳤다. 기가 실려 쩌렁쩌렁하니 울려 퍼진다.

"암검대!"

"명!"

"쫓아라! 대주로서의 명이니!"

"……명!"

암검대의 무인들 또한 대주의 수족과 같은 자들이었다.

대주가 대주의 자리를 차지하기 이전. 같은 처지에 있을 때부터 대주는 그들을 이끄는 자였다.

암화의 주인 다음으로 그들이 따르는 자가 바로 대주였다.

그런 대주의 외침이다.

다른 이들은 말도 안 되는 외침이라 하겠지만, 대주의 외침이 곧 그들에게는 살길이었다. 언제나 그랬다. 저 말은 따라야 했다.

마치 세뇌라도 된 자들처럼! 아니 맹신하는 광신도처럼!

"가자!"

"……."

검을 꽉 쥐어 잡은 암검대의 무인들이 운현의 뒤를 따른
다.

함정인 것을 직감함에도. 아니 확실히 알고 있음에도 운
현이라는 먹음직한 먹이에 홀려서!

"쫓아!"

*   *   *

순식간에 운현이 사라져 간다. 암검대 또한 마찬가지였
다.

'젠장!'

탁운으로서는 당황스러운 상황.

순식간에 벌어진 암검대주와 운현의 대전에 혼이 팔린 게
패착이었다.

이대로 나갔어야 했거늘. 암검대주의 싸늘한 시선을 감수
하고서라도 대주의 검을 상대하는 운현의 뒤를 쳐야 했다.

순간적으로 망설인 것이 이런 말도 안 되는 상황을 불러
왔다.

"어찌합니까, 맹주!?"

혈화대의 대주가 묻는다. 암검대에 비해 다소 부족하지만
그 또한 대주는 대주다. 어리석은 자는 아니었다.

운현이 하는 짓은 태가 너무 났다.

유인 작전인 것도. 무언가 준비를 한 것도 분명 보였다. 그걸 대체 왜 암검대주가 따라갔는지 모를 정도다!

하지만.

'……전력이 나뉜다.'

삼분지 일의 무인을 날린 상태다.

암검대가 차지하는 전력의 비중이 컸다. 여기서 암검대를 잃으면? 그때는 최악의 수 몇을 제외하고 맹주 탁운이 할 수 있는 게 없었다.

입이 썼다. 아니 속이 타는 듯했다. 가슴이 열로 가득 찬 느낌이었다. 분노다.

맹주인 자신이 상황을 이끌어가야 하거늘!

암검대주라는 자는 이성을 잃어 쫓아가고, 운현은 되도 않는 작전을 펼친다. 보통은 걸리지도 않을 작전을!

그래도 달리 수는 없지 않은가. 마음에 들지 않아도 어쩔 수 없다.

"……쫓는다."

"맹주! 위험할 수……."

"갈!"

머리가 좀 돌아가는 자들이 술렁인다. 좋지 못하다. 그들도 호랑이 아가리에 제 머리를 들이미는 상황인 것을 읽은 게다.

하지만 어쩔 수 없다. 여기서 암검대를 잃으면 죽도 밥도 안 된다. 그렇다고 아무런 대비가 안 된 건 아니다.

"모르는 바는 아니다! 그러니……."

혈화대의 무인 중 하나. 탁운이 그나마 믿을 만한 자에게 눈짓을 한다. 용케도 탁운의 뜻을 그자는 알아들었다.

비혈보.

남은 무인들 중에서도 다리가 날래기로 유명한 자였다. 부족한 창술을 갈고 닦을 때까지 경공으로 살아남았다던 이다.

그자에게 탁운이 마저 명을 내린다.

최악이 될지도 모르지만, 준비한 수를 실행하라는 명이었다. 그 명을 내리고서야 탁운은.

"가자!"

자신에게 최악이 될지도 모를. 어쩌면.

'되레 나을 수 있다.'

지금까지 운현에게 당하기만 한 몇 수를 만회할 수 있을지도 모를 수를 준비하며 몸을 날렸다.

'이 다음에는…….'

무슨 수를 써서라도 운현을 죽일 방안을 마련코자 하는 건 덤이었다.

"……령!"

얄팍한 맹수. 탁운의 뒤를 맹수를 뒤따르는 아귀가 된 혈
맹의 무사들이 뒤 따른다.

정신없이 박혀버린 발자국들만이 그들이 다녀간 흔적이
됐을 뿐이었다.

第十四章
뻔한가? 허인가?

　"운! 현!"

　쩌렁쩌렁하니 울려 퍼진다. 침묵이 깨진다. 자신이 운현을 쫓는다는 걸 숨길 생각도 없는 듯했다.

　'와라…… 와라.'

　상대가 쫓아온다. 눈들이 시뻘겠다. 운현을 어떻게든 잡겠다는 의지는 높이 살 만했다. 앞뒤를 가리지 않는 꼴이 망아지와 같았다.

　'믿는 거겠지.'

　하기는 저들이 무얼 원하는지는 알았다. 자신의 목숨이다.

또한 어찌 저리 앞뒤 재지 않고 달려오는지도 이미 알고 있었다. 그들이 나름 준비했다고 하는 수도 예상하는 바다.

상대는 하오문, 동창, 개방. 그 셋의 눈을 어떻게든 피해서 가렸을 거라고 생각하고 있겠지만.

'오히려 너무 가려져서 문제였지.'

모든 것들이 훤히 파악되는 가운데 보이지 않은 검은 몇몇은 되레 눈에 띄는 법이었다.

흰백의 도화지 위에 찍한 먹물 점 하나가 그 무엇보다 큰 흠으로 보이는 것과 같은 이치였다.

혈화대. 암검대. 그들은 최상의 수라고 할 걸 이미 예상했다. 또한 그 예상한 것을 이용해서 다소 미친 짓을 벌였다.

자신의 목숨을 걸고. 무리한 몸을 이끌고 적진에 뛰어드는 미친 짓을 했다.

"후……."

내력 덕에 몸이 달리지는 않았지만, 정신적인 심력의 소모도는 아찔했다.

도망가는 이 순간에도 순간적으로 정신이 멍할 정도였다.

후욱— 훅—

빠른 속도로 지나가며 보이는 경관들로 눈이 아찔해질 정도였다. 그만큼 지금까지의 운현은 심력 소모가 컸다.

그도 여기까지 한계일지도 몰랐다. 하지만 여기서 멈출 수는 없었다.

'더. 더……'

조금만 더 가면 됐다.

＊　　　＊　　　＊

악록산(岳麓山).

사혈맹의 목적지와 가까웠던 곳.

악록팔경, 이름 높은 서원. 그런 것들과는 관련이 없이.
투박하기까지 한 숨소리를 내뱉는 자들은 장비라도 되는 듯
눈을 부릅뜨고 앞만 바라보고 있었다.

그들이 있는 곳은 야트막한 언덕 위였다. 그러나 아래를
바라보면서 상황을 살피기에는 딱 적당했다.

여기서 적이라도 맞이한다면 적어도 위를 차지했다는 이
점 정도는 가질 만했다.

"언제…… 언제요."

"곧!"

운현의 행차에 폭음이 일고, 경공이 펼쳐지면서 숲길에 있
는 풀들이 잠자듯 드러누우며 점차 가까워져 온다.

사사삭. 쓰러지는 풀이 점차 많아진다.

야트막한 언덕. 그것도 해가 내려앉은 지 오래기에 잘은

보이지 않지만 무인들의 눈으로 파악은 가능했다.

수없이 많은 자들이 풀숲을 헤치며 달려오고 있었다.

"많군. 많아!"

나간 사람은 운현 하나뿐이었다. 그런데 풀숲을 쓰러트리는 자는 훨씬 많았다.

"성공인가?"

"일단은!"

일차작전은 분명 성공이다.

"……그리 보이오. 다만 신의님이 보이지 않는데?"

하지만 일차가 성공했다고 해서 모두 성공은 아니었다. 일차 다음 이차. 그 다음마저도 준비 된 작전이었다.

성공을 위해서는 운현이 보여야만 하건만 보이지 않는다.

"……정말 성공하긴 했구려."

적들도 바보가 아닌 이상 오지 않을 거라 여겼는데, 생각보다 쉽게 성공한 듯했다.

다만 자축은 할 수 없었다.

'신의……'

신의를 찾느라 끊임없이 눈을 굴린다. 적들을 몰고 왔다면 분명 제일 앞에 와야 하는데 어찌 보이지 않을까.

그러다 어느 순간. 의방 무사 왕정이 한 곳을 가리킨다.

"저기!"

"어디를!? 허!"

위다! 새라도 되는 듯 날아 뛰어오는 자가 있었다. 운현이다.

하늘을 나는 듯 오는 모양으로 보아 전설상의 허공답보라도 되는 게 아닌가 싶을 찰나였다.

"허공답보?"

순간 이곳에서 해야 할 일을 잊을 정도였다.

"아니, 아니오…… 잘 보시오."

허나 잘 보니 허공답보는 아니었다.

빠르게 나무를 밟고 때로, 나무 조각을 발판 삼아 던져 움직이고 있었다. 공중을 달리는 듯하나 그건 아니었다.

그래도 신기는 신기였다.

"햐아……."

정신을 못 차릴 정도의 신기. 하지만 해야 할 일을 잊어서는 안 됐다. 이 순간을 만들어 준 운현을 위해서라도!

창명을 포함하여 조장들이 정신을 차린다.

"모두 준비!"

처어억.

그의 외침에 풀어졌던 긴장의 끈을 묶는다. 애병들을 꽉 잡는다. 마지막이라도 될 것처럼.

삼십 장. 이십 장. 십 장.

긴장감이 그들을 가득 조여 올 때 운현의 신호가 떨어졌다. 그 순간만을 기다렸다.

"지금!"

청룡검대. 의방 무사. 가릴 것 없이 달리기 시작한다.

"먼저 가오!"

목표는 운현의 뒤. 암검대를 향해서였다.

* * *

부딪친다.

무인과 무인의 대결이라지만 집단전이다.

현란함은 있을지언정 화려함은 없다. 초식의 수를 나누고 교류를 하는 것 따위 힘들다. 힘과 힘의 부딪침이 있을 뿐이었다.

콰즈즉. 콰즉.

"캭……."

"크아아악!"

부딪치고 첫 합. 서로가 서로를 마주보고 휘두르는 검. 진을 형성할 것도 없이 부딪치는 선봉의 경합은 가장 치열했다.

한 수에 서로의 목숨을 빼앗아 갔다.

팔을 자르는 자. 잘리는 자.

"어딜!"

잘린 팔을 두고 독심으로 검을 휘두르는 자는 예사였다.

"컥……"

"크……륵."

서로가 서로의 검을 목에 찔러 넣고 쓰러지는 자들은 서로가 서로를 죽여 놓고 포개졌다.

순식간에 오십이 넘는 자들이 쓸려들어 간다.

*　　*　　*

"……멈춰!"

그제서야 암검대주는 정신을 차렸다. 아니 당혹스러워했다고 봐도 무방하리라.

'어떻게!'

운현이 그들을 파악한 만큼 그도 그들을 파악하는 데 노력했다. 당연한 일이다. 적을 아는 건 기본이니까.

그럼에도 이런 상황은 생각지 못했다.

운현의 강함은 그가 직접 봤다. 깊게 느끼기까지 했다.

그리고 인정했다. 그 운현이 있기에 그들이 밀리는 것도 당연하다고. 일인이라고 무시하기에 그는 절대의 고수에 가까웠다.

그렇기에 운현 하나 잡자고 이리 달려 온 거였다.

그런데 이 상황은 뭔가.

"모여!"

순식간에 스물이 넘는 인원이 목숨을 잃었다. 암검대 인원이라고 해봐야 이백이다. 그것도 오는 사이 운현의 수에 쓰러진 자도 꽤 됐다.

이백이 채 안 된다.

그런데 또 스러졌다. 너무도 쉽게.

기껏해야 막 급조된 청룡검대 아니던가. 의방의 무사라고 해봐야 말이 좋아 무사지 낭인의 모임이지 않던가.

그런데 그런 자들이.

"몇이야?"

"열여덟이 당했습니다."

"……."

순식간에 스무 명에 가까운 자를 쓰러트렸다. 이게 말이 되는가.

'호랑이 아가리라 해도…….'

호랑이 아가리. 늑대 무리라고 하더라도 우두머리인 운현만 하나 잡으면 모든 것이 끝날 수도 있다 여겼거늘!

나름의 계산으로 이곳까지 달려왔는데, 적들은 상상 이상의 전력을 보이고 있었다.

대주는 몸을 앞으로 짓쳤다. 순식간에 앞으로 달려 나간
다.

우상.

의방 무사 중 꽤 강한 축에 드는 자에게 대주가 검을 휘두
른다. 일검에 죽이려는 듯 검에는 검력이 잔뜩 실려 있었다.

이 한 수면 죽일 수 있다. 척 봐도 느껴지는 기운이 적었
다. 그런데.

"……헛!"

순식간에 우상의 신형이 뒤로 밀린다. 아니 눈앞에서 사라
졌나 했더니 그도 아니었다. 아래로 푹 꺼진 게 맞았다.

'나려타곤? 하.'

살겠다고 나려타곤을 할 줄이야. 한 치의 고민도 없이 검
을 피해 뒹굴었다. 그러곤.

"생존이 최우선인 곳이어서 말이지. 우리 의방이! 클클."

잔뜩 비웃는 표정을 하며 대주를 놀리는 것이 아닌가.

뒹굴어 놓고도 잘도 몸을 순식간에 뒤로 뺀다. 그 모습이
하도 자연스러워서 나려타곤을 따로 연습한 게 아닌가 싶을
정도였다.

"노오오옴!"

대주가 순식간에 열이 뻗친다.

운현이야 강자이니 그렇다 쳐도, 한순간에 벨 수 있을 거라 여긴 의방 무사 따위를 놓치리라곤 생각지도 못한 듯하다.

달려 나가지만 어쩌랴.

"어딜!"

"여기도 있다."

우상이 물러난 자리를 순식간에 여러 무사가 채운다.

하나가 안 되면 둘. 둘이 안 되면 떼거리로라도 몰아붙이는 게 의방 무사들의 방식이었다.

운현으로부터 효율성을 배웠고, 낭인 무사로서의 특기를 여전히 가진 채로 성장해 온 의방 무사였다.

운현과 하루가 멀다 하고 대련을 벌인 경험도 다수기에 강자를 어찌 상대해야 할지를 알았다. 한마디로 특화된 것이다!

그 검을 막기 시작한다.

'죽인다!'

살기를 담은 대주의 검을 막는 거다. 운현으로서도 흉내지만 강한 검이라 했던 대주의 검이다.

콰앙!

휘둘러지는 검의 중간을 막은 의방 무사의 검이 으깨진다.

"허어엇."

애병인 검을 죽을 때까지 놓지 않는 게 무사의 도리. 그런데도 잘도 깨어진 무기를 포기한다. 그리곤 뒤로 내뺀다.

'……하.'

사파의 무사도 저리 하는 자들은 소수거늘. 대체 운현으로부터 어떤 교육을 받았기에 저런 단 말인가.

몸에 베인 무공은 정종의 것이 분명한데 하는 짓은 비루한 낭인의 짓보다도 더하다.

그래도 효과적이었다.

하나가 안 되면 둘이라 했지 않나.

콰앙! 쾅!

둘, 셋씩 검을 맞댄다. 검이 깨어지면 깨어진 대로 빠진다.

"막았다!"

마지막 의방 무사에게 대주의 검이 닿을 때쯤엔, 처음 실려 있던 검력은 이미 사라진 지 오래였다.

파앙!

검과 검이 부딪치며 찢어지는 쇳소리만이 울려 퍼졌을 뿐이다.

"이놈들이!"

대주의 눈이 다시 시뻘게진다. 무공의 부작용이라도 있는 듯 잘생겼던 얼굴이 아수라의 흉상처럼 변한다. 그러곤 검을 미친 듯 휘두르려는 찰나!

"갈!"

뒤에서부터 목소리가 들려온다.

                    *   *   *

그 주인공은 사혈맹주 탁운이었다.

"목표를 잊지 말게! 헛된 짓은 하지 말고!"

"……이런."

대주도 바보는 아니었다. 순간 말려들어 갔다고 하지만, 금세 정신을 차렸다.

대주의 눈에 안 보이던 것이 보이기 시작한다.

"……쯧."

눈앞에서 혀를 차고 있는 의방 무사들을 보라. 아쉬워하는 기색이 역력했다. 암검대주를 끌어들여 어떻게든 수를 내려 했던 게 분명하다.

이를테면 아까 검력을 죽이던 방식처럼 차륜전을 펼치려 했었을지도 모른다!

적의 살을 저미듯, 조금씩 죽여 가는 차륜전. 운현에게 사혈맹이 펼치려 했던 차륜전을 대주가 역으로 당할 뻔한 게다!

"후우…… 후……."

분노를 숨기지 않고 머금으면서도, 암검대주는 조용히 뒤로 물러났다.

그 뒤에 바로 탁운이 있었다.

"어째서 들어와서는 헛짓거리를!!"

"……이게 맞는 것이오."

"말도 안 되는 소리!"

대주가 옆에 서자마자 들리는 것은 탁운의 성난 목소리. 가감 하나 없는 힐난이었다. 대놓고 비난을 한다.

"……."

대주라 해서 더 할 말이 있을까.

운현의 무위는 계산하에 있었지만, 그 아래에 있는 의방 무사들의 무위는 계산에 없었다.

"우와아아악!"

"쳐! 제대로 치라고!"

분명 급조됐다 알려진 청룡검대의 무인들도 마찬가지였다.

암검대의 무사들을 상대로 그들은 제법 선전을 보이고 있었다. 다소 밀리는 것조차도 암검대보다 많은 수로 버티고 있었다.

조장급 되는 암검대 무사들이 절정에 이르러 그 경지를 펼치지만.

"크으……."

"여기다!"

같은 조장급의 인물들로도 모자라, 어디서 데려왔을지 모를 이름 모를 무사들이 잘도 암검대를 막아댄다.

'대체 뭔가.'

그들의 무력이 강한 게 아니었다. 경지 또한 암검대가 평균적으로 더 높았다.

분명 그러니 암검대가 밀어붙여야 하는데, 싸움은 백중지세(伯仲之勢)에 가까웠다.

'……약?'

정신을 차리고 보자 그 어찌 이런 상황이 만들어지는지를 알 수 있었다.

"……뒤로 빠져! 더 무리 말고!"

"알겠네!"

까득. 와즉.

암검대 무사에게 잠력까지 뽑아내는 듯 내력을 쏟아부은 자들. 그들은 내력이 달린 듯하면 바로 뒤로 물러났다.

그리곤 속에서 잘도 뭔가를 꺼냈다. 암검대 무사들이 독이라도 풀어헤치는가 싶었는데, 그건 아니었다.

독이 아니라 약으로, 청룡검대와 의방 무사들은 전장의 한가운데에서도 잘도 씹어댔다.

"크흐……."

그 약을 씹어대면 바로 내공이 돌아오기라도 하는 듯 얼굴이 환한 기색으로 돌아왔다.

'……미친. 저런 수를…….'

비밀은 풀어졌다. 사실 비밀이랄 것도 없었다. 저들은 따라 할 수 있다면 따라해 보라는 듯 대놓고 약을 씹어댔다.

저렇기에 암검대를 상대로 청룡검대와 의방 무사들이 버틸 수 있는 거였다.

미친 듯이 내력을 뿜어대면서 실력의 차이를 메꿔버리는 거다.

몇 수의 차이가 난다면 모르지만, 잘해야 한 수 정도 더 암검대 무사들이 뛰어나다. 그 차이를 미친 내력으로 버티고 있었다.

오랜 전투를 위해서 내력을 아껴야 하는 암검대.

내력을 아끼기는커녕 미친 듯이 불어 넣고 쏟아 붓고서는 영약으로 보충하는 정파 쪽 무인들.

그 차이로 만들어진 백중지세라니!

"……신의라지만 영약을 물 쓰듯 만들어내는 건가."

그 탁운마저도 질릴 정도의 짓이었다.

순식간에 소모되는 영약. 이런 일이 한두 번이 아니라는 듯 익숙해 보이는 의방 무사들은 미친 광자로 보일 정도였다.

저런 식의 영약 소모라니! 효율적으로만 쓰면 더욱 많은 일을 해낼 터인데!

저렇게 사용하는 것에 탁운이 다 아까울 정도였다.

운현이 아니고서는 생각도 못할 미친 짓이지 않은가.

저들이 단기간에 강해진 이유. 미친 듯한 약빨 때문이라는 걸 깨달았지만, 당장 수는 없었다.

품에 있는 영약을 뺏을 수도 없지 않은가!

그나마 암검대와 사혈맹 입장에서 희소식이 있다면.

"……전선은 만들어진 듯합니다! 후우."

"이쪽도입니다!"

그럭저럭 전선이 만들어졌다는 정도.

처음의 우격다짐의 싸움에서, 맹주 탁운이 오고부터는 지휘가 제대로 이뤄지기 시작했다.

암검대 홀로 정파무인들을 상대하며 밀리는 상황에, 탁운이 데려온 사혈맹의 무사들이 제때 도착한 건 암검대 입장에선 행운이었다.

"……후."

오십이 넘는 자가 당했지만, 당황해서 전멸할 상황보다는 나았다.

"이 손해를 어찌 만회할 건가. 대주? 입이 있으면 말이라도 해 보게."

탁운이 암검대주를 압박하기야 하지만 이 상황만 잘 해결하면 될 일이라고 암검대주는 생각했다.

덕분인지 이런 상황에서도 주도권을 잡으려 하는 탁운의 압박을 이겨낼 수 있었다. 여기서까지 주도권을 쥐려 하는 탁운이 더더욱 저평가될 정도였다.

'망할 놈.'

암화의 일로 어쩔 수 없이 손을 잡지 않았더라면 아마 탁운을 먼저 치는 자는 그 자신이 되었으리라.

그가 불만도, 분노도 숨기지 않은 채로 쏘아붙이는 듯 말했다.

"어차피 준비된 수가 있지 않소?"

"…… 눈치만 빠르군. 곧 올 거다."

탁운으로선 본전도 건지지 못했다. 살짝 아쉬운 듯 혀를 찬다.

"그럼 그때까지는 베어야 하지 않나?"

"얼마든지!"

그래도 처음 뜻은 맞았다.

앞의 적을 벤다는 것. 살의만큼은 둘 모두 잔뜩 끌어 올랐다.

"그럼 먼저!"

그나마 정신을 차린 암검대주. 처음 서로 합이 맞기 시작한 탁운. 그들이 기세를 돋워 올리기 시작한다.

第十五章
지독과 독종!

"지독한!"

상황은 지지부진해졌다.

"……!"

퍼어억.

암검대주와 탁운이 처음에는 활약을 했다.

후우우웅──

둘 모두 검을 미친 듯이 휘둘렀다. 내력을 아끼는 것도 없었다. 대체 어디서 그런 힘이 나는지 알 수 없을 정도였다.

청룡검대의 무인들 여럿과 생존을 우선으로 하는 의방 무사도 여럿 당했다.

사혈맹의 무사들도 무사지만, 이 둘의 활약은 분명 눈부셨다. 그러다 어느 순간부터는.

"……빠지는군."

그들은 철저히 둘을 상대하지 않았다.

탁운과 암검대주가 다가갈라 치면 이중현, 왕정, 창명 같은 자들이 힘을 합쳐 대응하기만 할뿐이었다.

모두 의방 무사들 중에서도 경지가 높은 자들이었다. 수련으로 더더욱 강해졌으며 만반의 준비를 했던 자들이었다.

탁운과 대주를 이겨내지는 못하더라도 치고 빠지는 정도는 실력이 충분히 됐다.

그들조차도 잠시 시간을 벌고서는 일반 무사들을 살려내면 뒤로 빠졌다.

제대로 상대를 해줘야 흥이 오를 터인데!

이들은 끝없이 견제만 하면서, 탁운과 암검대주의 손발을 묶으려는 듯했다. 마치 시간이 자기들의 편이라는 듯이!

'……헛짓. 시간은 이쪽의 편이다.'

자신들은 발목이 잡히고, 계속해서 시간만 흘러가는 상황.

암검대 무사들이야 본디부터 무위가 높으니 어찌 버틴다지만.

"……큭."

푸우우욱. 푹.

사혈맹에서 온 무사들은 모진 목숨을 여기까지 끌고 오고서는 생각보다 쉽게 죽어가는 상황이었다.

전반적으로 사혈맹 쪽이 밀렸다. 그럼에도 사혈맹주는 어쩐 일인지 비릿한 웃음을 지으며 여유를 부릴 뿐이었다.

그러다 어느 순간 위를 바라봤다.

—끼이이이익!

쇳소리 같은 찢어지는 소리가 위에서부터 나고 있었다.

"왔다."

영물이었다. 암검대주의 품에서 튀어나와서 지원을 요청하기 위해 날아갔던 영물이 싸움이 벌어지는 바로 위 하늘을 빙빙 돌고 있었다.

—끼이이!

상서롭게 생겼던 주제에 영물의 울음은 상서롭긴커녕 불길했다.

"여기다!"

탁운이 사자후를 펼치자마자 상황은 더욱 불길해졌다. 그의 탁하기만 한 내력도 상황에 한몫을 했다.

*　　　*　　　*

그 순간, 두 곳에서 불빛들이 올라오기 시작했다. 전설 속 요괴가 아닌 이상에야 산속에서 불을 사용할 자는 사람밖에 없었다.

사혈맹 무사들이 밟았던 풀들을 다시 밟는 자들이 있었다.

그 수만 해도 족히 이백은 넘어 보였다.

모두 신법을 익혔는지, 횃불에 의지하고서도 잘도 산길을 밟았다.

운현이 처음 기습을 하고 한참이나 시간이 지나 이제는 새벽 빛이 있는 시간. 그렇기에 더욱 쉬이 올라오는 것일지도 몰랐다.

그 속도가 생각 이상으로 빨랐다. 순식간에 가까워진다. 경공이다. 그것도 제대로 된 경공.

점차 가까워진 그들은 모두 가슴에 하나의 무늬가 새겨져 있었다.

"……암검대."

오래되지 않았지만 사혈맹 최고 최후 전력이랄 수 있는 암검대의 무늬였다. 그 무늬를 누군가 읊조리는 순간부터.

"우와아아아!"

"오오! 지원이다!"

사혈맹의 무사들은 열기가 잔뜩 올랐다.

생각보다 강대한 정파 무사. 자신들은 평생 한 번 만지기도 힘들 영약을 물 마시듯 씹어재끼는 적들을 보며 무너졌던 그들이었다.

하지만 암검대의 무늬를 하고 있는 자들이 새로 추가되지 않았는가.

경공을 펼치는 속도로 봐서는 기존에 있는 암검대 못지않은 자들이었다. 그만큼 표홀했다.

암검대 이상 가는 전력은 없지 않은가.

거기다 암검대가 줄어버리기 전의 수도 이백이었다. 지금은 이백보다 더 많은 수가 왔다.

어디서 왔는지, 대체 어떻게 저런 전력이 쉽게 만들어져서 오는지, 정체가 무엇인지는 이 순간 아무것도 중요치 않았다.

평소 암검대를 고깝게 보던 사혈맹의 무사들조차도.

"사, 살았다."

"밀어 붙여! 죽이라고!"

사기를 잔뜩 끌어 올렸다. 벌써부터 승리라도 한 것처럼 끌어 올린 기세 그대로 달려들기 시작했다.

달려드는 암검대 무인들의 검에는 핏빛의 혈기가 맺혀 있었다. 눈앞에 벌어질 참상을 예언하는 듯 진득한 핏빛이었다.

        *   *   *

천지인(天地人). 그 셋의 합이 맞아야만 전장에서도 승리할 수 있다고 하던가.

지금 이 순간 적어도 인(人)만큼은 탁운의 편을 들어주고 있는 듯했다. 하늘의 뜻이라는 천(天)조차도 이대로라면 넘볼 듯했다.

"쳐! 치라고!"

"우와아악!"

기세가 넘어왔다. 지루하기만 한 전선이 형성되고, 사혈맹의 무사들이 야금야금 밀리는가 싶었다. 그 상황이 반대로 돌아갔다.

후우우웅― 후웅― 휘익!

두 눈에 광기를 박아 넣고, 손에는 살기를 집어넣고서는 미친 듯이 애병을 휘두르기 시작했다.

사람은 같은데 사기가 달랐다. 기세등등하다.

"막아!"

"조금 더 버텨!"

그걸 막아야 하는 청룡검대와 의방무사들로서는 죽을 맛이 됐다.

경지가 설사 낮더라도 영약으로. 같은 경지면 영약의 힘을 이용해서 한껏 몰아붙였던 그들이다. 기세는 분명 이쪽에 있었다.

지금은 정 반대다.

'……어찌!'

그거야 어떻게든 막을 수 있기는 했다.

기세가 달라지기는 했어도, 사람이 완전히 바뀌는 건 아니었다. 사파 무사의 무위가 갑자기 오르는 건 아니기에 견딜 순 있었다.

문제는 새로이 추가된 자들. 암검대.

"……좌익으로!"

"이쪽은 우익을 맡지."

새로 온 암검대의 무인들은 본래부터 있던 암검대 대주의 말을 자연스레 따랐다.

이백이 넘는 자가 왔지만 대주급의 다른 자가 없다는 것이 그나마 다행인 지경. 새로이 강자가 추가됐다면 순식간에 밀렸을 게다.

*   *   *

긴 시간이 지나갈 것도 없었다.

"……후욱. 후."

모두가 악다구니를 쓰면서 막아대지만 반전이 일어나거나 하는 일은 없었다.

시간은 저들의 편인 듯했다. 사혈맹 무사들의 기세는 계속해서 올랐고, 그를 상대해야 하는 검대와 무인들 중에선.

"……쿳."

내력을 보충하지도 못하고 그대로 상대의 검에 죽임을 당하는 자들도 다수 나오기 시작했다.

뒤로. 또 뒤로.

조금씩 밀려나가기 시작한다. 분투를 벌이지만 그 분투의 효과가 그리 크지 못했다.

새로이 생겨난 암검대의 전력을 생각하면 여기까지 버티고 서 있는 것도 초인적인 의지로 버티고 있는 거나 다름없었다.

그래도 현실적인 벽까지 무너트리긴 힘들었다.

"……반 보 뒤로. 다시 뒤로."

조금씩 발걸음이 뒤로 물러나진다.

같이 버티던 자들 중 일 할 정도는 이미 차디찬 바닥에 몸을 뉘였다. 부상자라면 희망이라도 있으련만 적들은 철저히 죽이며 다가왔다.

그동안 운현에게 쌓인 원한을 이들에게 풀겠다는 듯,

"······컥."

쓰러진 자에게 확인 사살까지 할 정도였다.

푸우우욱.

심장을 박히고 들어가는 검의 깊이는 무정하기만 했다. 무사들이 쓰러져 간다.

"······전진. 확실하게 죽여."

"명!"

점진적으로. 그러면서도 느리지 않게 사혈맹의 무사들이 청룡검대와 의방 무사들을 압박하기 시작한다.

삶을 앗아가는 최악의 압박이었다.

*   *   *

그 압박의 가운데.

'제길······ 이래서 싫었거늘.'

검을 맞대고 있지는 않지만 가장 크게 압박을 받고 있는 운현이 있었다.

처음 작전을 짤 때부터 만족스럽지 않은 그였지 않은가. 홀로 해결할 수 있다면 모든 걸 홀로 해결하고픈 그였다.

하지만 사혈맹과의 대전은 현실.

홀로 끝내기에는 화경의 경지에 이른·그라고 할지라도 힘이 부족했다.

최선의 노력을 다했지만, 결국 지금과 같은 결전은 검대와 의방 무사들의 도움을 받을 수밖에 없었다.

그래도 미끼로는 자신만이 나섰고, 그 미끼를 상대가 덥석 물게 하는 데는 성공했다.

작전은 분명 성공했다. 유인이 됐으니까. 그리고 그다음으로.

'예상대로 왔다.'

세 정보 조직의 눈을 피해서 움직이는 자들. 암화에서 보냈을 것이 뻔한 암검대 무사들이 오는 것까지도 모두 두 눈으로 확인했다.

저들은 잘도 달려들어 왔고. 자신들이 그물에 걸린 물고기인 줄도 모르고 기세를 올리고 있었다.

문제는 아직 운현이 준비한 그물망이 헐겁기만 하다는 것!

그물을 오밀조밀하게 짜기에는 아직 시간이 더 필요했다. 상당한 시간이! 그 시간 사이에서도.

"커억……."

"머, 먼저……."

외곽을 차지하고 있는 검대의 무사들이. 운현과 함께 정을 나눴던 자들. 검 정도는 몇 번이고 같이 휘둘러 봤을 법한 자들이 쓰러지고 있었다.

죽는다. 계속해서 쓰러진다. 죽어간다.

콰즉. 와득.

상대는 가차가 없었고, 그 가차 없는 무정한 검에 함께 여기까지 온 자들이 무너져 내려간다.

'……아직. 아직은…….'

콰악.

입술을 꽉 문다. 아주 꽉 잇새 사이로 피가 스며 나오는 것이 느껴진다. 분노가 가득 차오른다.

죽이고 죽이는 것. 아군이 죽을 수도 있는 것은 알고 있었다. 결심을 했었고 그 정도는 감수할 거라 생각했다.

그래도 눈앞에서 같이 하던 자들이 죽어가는 것은 슬프기 이전에 비참하다.

당장이라도 달려 나가고 싶지만 아직 아니었다.

짧은 시간. 최상의 상태가 되지 못함은 안다. 최상은 아니어도 최선의 상태로 나가야 했다. 그게 지금은 아니었다.

"후읍……."

숨을 꽉 들이밀고 참는다. 때를 기다려야 했으니까. 언제든 달려 나갈 준비는 되어 있지만, 그때가 지금은 아님에 분노를 씹어 삼킨다.

그러다 어느 순간.

슈우우우우욱!

하늘에 무언가 터지는 게 있었다.

영물은 아니었다. 사혈맹에서 보낸 것들도 아니었다.

슈우우욱!

연이어서 더 터졌다. 신호였다. 누가 봐도 저건 신호랄 수밖에 없었다.

"저기!"

하늘에서 터지는 것을 뒤늦게서야 탁운도 눈치챘다. 그의 눈에 의문이 서린다. 그 의문은 곧 풀리게 될 터였다.

운현이 손짓했다. 미리부터 약속된 의미의 손짓이었다.

"⋯⋯올리겠습니다!"

옆에 있던 무인도 같은 심정이었을까. 운현이 고개를 끄덕이자마자 미리 준비하고 있던 것을 잡아 당겼다.

슈우우우욱!

하늘로 높이 치고 올라간다. 아까와 같은 신호탄이었다. 얕은 구릉을 지키고 서 있었기에 충분히 알고도 남을 높이까지 올라간다.

알아들었다는 듯 또 다른 신호탄이 터진다. 그 사이에 이동을 했는지, 보내오는 곳은 더더욱 가까웠다.

'곧이다.'

운현의 무릎이 튀어나갈 듯 구부러진다. 분노를 잔뜩 담고 있는 채였다.

*　　*　　*

다급해진 쪽은 다시 사혈맹 쪽이 됐다.

"뭔가!"

"무인들이 옵니다."

아래. 언제 저리 많은 무인들이 모였단 말인가.

위에서 방진을 펼치고 있는 무림맹 무사들을 상대하고 있던 사혈맹주로서는 전혀 생각지도 못한 일이었다.

위를 치기만 하면 되었지, 아래에서도 개미떼처럼 기어올 줄 누가 알았으랴!

'망할…….'

새로이 지원받은 암검대를 끌어 오고, 변수를 만든 쪽은 이쪽이라고 생각을 했거늘. 저쪽도 변수에 변수를 더했다.

'만만치는 않다 생각했다만…….'

이리저리 사람 뒤를 치고, 심리의 허를 찌르는 것만큼은 운현이 자신보다 위라는 것을 인정할 수밖에 없는 맹주였다.

잡았다 싶으면 다시 허를 찌르는 방식이 노회한 전략가의 일면을 보는 듯했다.

그래도 상관은 없었다.

"잘해 봐야 낭인이겠구려. 수는 많기는 하지만…… 수만 많소."

대주의 말대로 수가 많기는 했다.

다만 수만 많았다. 풀 먹는 것들을 아무리 모아봐야 태어날 때부터 포식자인 맹수를 이길 수는 없는 법이다. 그들에게 허락된 건 도망치는 역할뿐이다.

꾸역꾸역 올라온다고 하면 올라오는 대로 멱을 딸 자신이 있었다.

그들도 그걸 아는지.

"흩어지는군."

"포위 같기도 합니다만은……."

"그래 봤자 얇지 않은가."

"흠……."

오자마자 부딪치는 법이 없이, 퇴로를 막는 것이 자신들의 역할이란 듯 사혈맹 쪽을 포위했다.

'대체 어디서 구한 게냐…….'

수가 많아도 너무 많아 야트막한 언덕이 전부 사람으로 가득 찬 지경인 듯했다.

그래도 사혈맹 쪽에 희망이 없진 않았다. 아무리 많더라도 감당할 수 있다면 그것으로 된 것이었다.

강자도 몇 섞여 있지만 많지는 않았다. 어찌 감당이 될 수준이었다. 다만 앞뒤로 포위됐으니 어렵겠거니 느낄 뿐이었다.

'너무 놀랄 것 없다. 차분히 하면 돼.'

심리적 허를 찔려 처음 느낀 당황을 탁운이 잠재우려는 찰나.

헌데 슈욱 소리를 내며 하늘에 다시금 터지는 신호탄이 있었다. 이번에는 전보다 더욱 진한 색이었다.

순식간에 그들이 가까워져 온다.

"……어떻게!"

그들을 바라보는 탁운의 눈이 부릅떠진다.

〈다음 권에 계속〉

龍劍傳

용제전
용검전

윤민호 신무협 장편소설

ORIENTAL FANTASY STORY & ADVENTURE

『악제자』, 『용맹마도』의 작가!
윤민호 신무협 장편소설

몰락한 작은 무문에서 맺어진 기이한 인연(因緣),
천하를 격동시킬 전설은 그렇게 시작되었다!

dream
books
드림북스

하라칸

쥬논 판타지 장편소설

핏빛 판타지의 연금술사, 쥬논.
그가 펼치는 공포와 선혈의 환상 세계!

『흡혈왕 바하문트』,『샤피로』를 잇는 그 세 번째 이야기.
검푸른 마해(魔海)의 세계에 그대를 초대합니다.

dream
books
드림북스